是逃离生活?

何以逃离的姿态生活?

宁不远 著

三代人背负的女性身份,苦难与悸动,还有微弱的幸福。

纵然没人欣赏,也要种自己喜欢的花。

樂 府

·

心里滿了，就从口中溢出

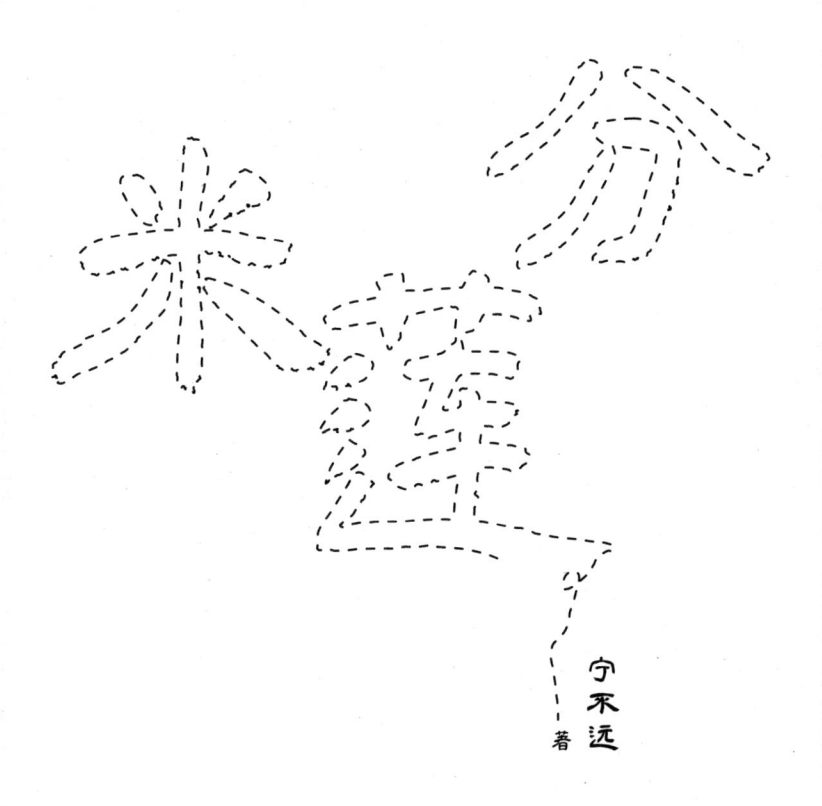

米莲分

宁不远 著

北京联合出版公司
Beijing United Publishing Co.,Ltd.

她回头看见一棵树

后来还有窗户

从哪里吹过来又

不知所踪的风

她记得窗帘并没有完全遮住

白天的阳光

她说她的一生

就在那个明晃晃的白天

那些树和窗框的

阴影里

在温暖和轻微的战栗中

被确定了某种

不可更改的基调

· 1 ·

我妈，米莲分，黑山村唯一的裁缝，也是第一个骑摩托的女人。

摩托是黑色的，像只大了很多倍的黑蚂蚁。这只黑蚂蚁也不是特别黑，天天在太阳底下烤，黑漆表面已经蒙上一层薄薄的灰色，有些地方漆面脱落，亮出一小块一小块金属，更是惨灰惨灰的。摩托叫嘉陵70。

米师傅，人们这么叫我妈。人们说，米师傅今天又骑着嘉陵70进县城买布了。

　　黑山村离县城五十多公里远。一大早，要进城了，米师傅换上干净衣服，通常是比平常更白的白衬衣和比平时更蓝的蓝裤子，安全帽"吧嗒"扣好，一咬牙一歪嘴，一脚油门离开村中心大队部，转个弯往山下呼啸而去。

　　走之前，我妈把我安顿在五保户阿西婆婆家。到了傍晚的时候，黑山的森林、荒坡、田地和大队部的土坯房都被染成金黄色，气温降下来，鸟雀声也弱下去。我坐在阿西家门槛上，听摩托声穿过苞谷林和荒草坡，穿进我的耳朵里。

　　这摩托声我从小听到大，耳朵已经异常敏感。我能准确判断出山那边的摩托声，是不是来自我妈的嘉陵70。跟村里那些男人骑摩托不一样，那些男人车速快，动不动就按喇叭轰油门，摩托声忽大忽小，像山毛驴。我妈的摩托车声稳得很，是一头即将发怒却永远不发怒的牛,她从不按喇叭。

每次听到我妈的摩托声隐隐传来,我就从阿西家奔跑出门,往村口黄土包的方向迎接我妈。

飞扬的尘土里,摩托车在我面前停下来,我捂着鼻子朝我妈跑过去。我妈的白衬衣被尘土染得黄黄的,被风吹乱的头发从头盔里面钻出来,灰扑扑的,就连嘴巴和鼻子之间的部位,那层挂着汗水的汗毛也是灰黄灰黄的。

我妈从裤包里掏出一把水果糖递给我,糖纸磨得皱巴巴。我接过来,拿出一颗剥开糖纸,先把糖纸交给我妈,再把糖往嘴里放。我妈不吃糖,但她要收集糖纸,摊平了压在裁缝店一张桌子的玻璃下。"咔咔"几声我就咬碎了水果糖,我妈头也不回大声对我说,短命娃儿,省着点儿,吃水果糖应该慢慢抿化才好吃。

嘴巴里包着水果糖,我爬上摩托车后座,紧紧抱住我妈的腰。她的腰结实有弹性，我的两只手掌刚好汇合在她肚子上。她的背热乎乎的，肚子软软的，我把整个身子贴过去，紧紧搂住她，不舍得放开手，也不敢放开手。村里的路又窄又陡，路面上尽是大大小小的石头，不抱紧点，摩托一颠簸，或是转个急弯，人就有可能凌空抛起再落到随便哪一处泥地上。不过那段路太短了，从黄土包回到裁缝店，摩托车只需要五六分钟，跟我妈两个多小时的回家路比，实在算不上什么。

我和我妈一起把摩托车搬进裁缝店，再走路回更高的山坡上的家。从裁缝店门口抬起头，就可以看见梁子上的我们家：一小片低洼的平地上，绿树草坡的掩映中，依稀可见土墙和青瓦屋顶。我家不通公路，更窄更陡的小路穿过农田从梁子上延伸下来。小路上石头更多，穿过村中心，磕磕绊绊上几个坎,路的一边是田地,另一边就是悬崖了。走在路上,我想拉我妈的手,但她喜欢把手揣在裤兜里。

她一边哼着歌一边在我前面走,我在后面跟着。走一截想起了,她停下来对我喊,米多多你这个磨皮狗,搞快点,磨啥子磨,找死啊。

她总喜欢说到死,总嫌我做事慢。每次她说完总会转身加快脚步,而不是留下来等我,我只好在后面跑起来。路边的酸浆草拍打在我身上,小路上的石头硌得脚板痒,但我顾不上这些,我妈总是走得比我快很多。

· 2 ·

我们村所在的这一片山叫黑山,所以我们村就叫黑山村。当然,"黑山村"是当地人自己的叫法,在村中心大队部会议室的地图上,它的名字是"新安村"。就像隔壁的村庄叫"团结",但大家还知道它是"柳贤",山那边的村庄政府取的名字叫"农科",但我们认为它真正的名字是"垭口"。黑山村有条小河沟,沟上有座单孔桥,它也有个名字——"凉桥"。凉桥在村中心,从那儿上个坡,是我读书的黑山村小，村小旁边是大队部，大队部其中一间房子就是我妈的裁缝店了。

我妈的裁缝店没有名字。

黑山村在云南和四川交界的大山里，这里是"二半山区"，在黑山村前方是矮一点的山，后面是更大更高的山。前面的山住着和我们一样但是皮肤白些的汉族人，背后的山住着晒得更黑的彝族人。后面的山只种得出洋芋，二半山区出产玉米、小麦和甘蔗，最肥沃的地区在山脚下河谷地带，大坝上的阳光和山上一样充沛，海拔低温度高，种什么得什么，热带水果和早市蔬菜卖到全国各地。

大坝上的人管我们村的人叫"老高山上的"，我们自己可不这么叫，反正比我们这里更高的山上，还住着彝族呢，他们才是"老高山上的"。

我们村的姑娘们都想嫁到大坝上。我妈和那些姑娘不一样，她很小的时候就去过很远的地方。那个地方比大坝远多了,比县城也远多了,在遥远的内地,省城。那个地方不仅有汽车,还有飞机。

村里人都说米师傅是见过世面的人。那一年,见完世面的米莲分大着肚子从内地回到村里,回来的时候带着一台脚踏缝纫机,外加一个又重又白的抽水马桶。后来她生下我,也慢慢成了远近闻名的裁缝米莲分。

见过世面的米师傅跟其他人有什么不一样呢?除了喜欢穿白衬衣,她还喜欢在我们的小院里种花。别的人可没这个闲心,种庄稼还种不过来呢。他们说,花有什么可种的,果树会开各种颜色的花,满山洋芋也开白花和蓝花,就连红苕都会开花,而且山坡上到处是野花,根本看不过来嘛。

我妈不这么想。

我家院子的东南角有几株大丽花和一盆天竺葵,

是几年前我妈从县城带回的种子，播种后我妈小心照料它们，如今两种花每年都从春天开到夏末。其实我也是长大了才知道这两种花的名字，那时候，我妈把两种花都统一叫作"臭香花"，因为她说，"两种花都臭香臭香的，不如桂花，桂花是甜香甜香，可惜我们没有桂花。"

我凑过去仔细闻花的味道，好像，嗯，真的是有点臭又有点香的臭香花。除了这么形容花，我妈也用同样的方式说别的东西，比如她说苦瓜："好吃好吃，苦甜苦甜的。"说我："米多多啊，个子太小了，丑乖丑乖的。"

冬天背后山上的茶花开了，我妈还带着我上山讨茶花。那种单瓣的野山茶，红的，只开在深山老林里，要走很久的路才能遇到一株。我跟在我妈后面往森林里走，她在前面拿根棍子掀开密密麻麻的灌木，一步一步，脚下生生走出一条路来。在密林深处，松树、杉树的下方，偶尔长着一株红山茶，花骨朵包得紧紧实实的，就是它了。我妈小心把花骨朵讨下来，用绳子扎成一捆放进背篓。花讨回来插在搪瓷大水杯里，放在裁缝店窗台上。我妈每天给花换水。有时候她换完水，一个人坐在茶花面前，两只眼睛盯着茶花，一言不发，坐很久。

二半山区的天气变化大。夏天热得要死，冬天要下雪，秋天干燥风又大，大家的脾气也像这天气一样暴躁，三天两头有人吵架打架，但我从没见我妈跟别人发生过冲突。除了喊我几声"短命娃儿"，她再没说过别的骂人的话。她身上总有什么东西，让她跟周围的人不太一样。关于这一点，我只能讲一件小事。

黑山村的狗也比别处的凶。同桌马小华家门前的路是我上学、放学的必经之路，他家的大黄狗也是我最怕的一只狗。

大黄狗长着两对獠牙，夏天的时候舌头伸得老长，口水不停从两边嘴角往外流。我亲眼看见过它追一只红花大公鸡，它从马小华家屋檐下起势，猛扑那只鸡。公鸡一开始还在奋力往前跑，后来竟然被追得扇动翅膀飞起来下了坡，大黄狗在后面腾空而起，越过门前的水沟直接落进坡下的水田里。公鸡惨叫着扑腾远了，大黄狗从水田里爬起来时全身一激灵，身上的毛打颤颤，带着淤泥的水花溅出几米远，落在我衣服上，吓得我一溜烟往学校跑，恨不得变成那只会飞的鸡。

每天经过马小华家，我都默默祈祷大黄狗不要看见我。不过多数时候它都站在那里盯着我，随时准备采取行动，意思是，你敢来，你敢过来我就咬你。我手上紧紧捏根大棍子。一边靠近它，盯着它，一边想着，你敢咬，敢咬我就打你。我们慢慢逼近，在最后关头，我不顾一切从它身边跑过，而它的叫声也在我身后铺天盖地涌来。我跑得越快，它叫得越响亮，我越害怕，它越要追我。

真是奇怪，我妈和我一起经过那条狗时，一切全变了，那只狗不再搭理我们。我仔细观察过我妈，只见她两眼直视前方，平时怎么走路现在也怎么走，就像那只狗根本不存在。这一点，即使在很多年后，我也无法做到。

· 3 ·

我妈去过很远的地方,并且在大着肚子的时候回到村里,这一点我很小就知道。但要说对那个"很远的地方"有比较明确的认识,是在我8岁那年,一个春天的早晨。

那天早晨,我妈米莲分在我还没睡醒的时候离开家去了裁缝店。等我睁开眼,天已经大亮,整个黑山都醒了,村民赶着牛羊陆续从自家院子往坡上走。鹧鸪和麻雀在院子后面的松树林里叫着,树叶和窗框的影子在墙壁上随风而动。

　　我家的院子不大，房子是几年前我妈翻修过的。院子里的李子树很老了，黑色枝干弯弯拐拐挣扎着撑向天空。现在是初春，大丽花刚起花苞，雪白的李花开在蓝色天空里，一大早就白得晃眼睛。

　　本来，和一年中任何一天没什么不同，这一天还是小河沟那边的羊群把我从睡梦中吵醒的。除了"咩咩咩"的叫声，还有羊脖子上的铃铛在响。村庄安静，这铃铛的声音过于清脆，像是从地底下穿过小河进到屋子，再透过木床钻入身体。

　　我翻身起床，眯着眼睛从卧室挪到堂屋，再出堂屋从院子边上的檐槛挪到厨房。厨房里的大铁锅上温着我妈留下的早饭，煮苞谷、水黄酸菜和白水稀饭。

　　吃完饭我收拾好书包准备上学去。来到院子里，猛然看见李子树下坐着一个男人。

"你好,你吃饱了吗?"

他一直坐在这儿,我刚才在檐槛上走进走出,晃晃悠悠的时候他就在了。这个男人我不认识,他皮肤很白,穿一件灰色衬衣,衬衣扎在裤子里。他那衬衣的颜色和土墙很相近,怪不得我没觉得有什么东西扎眼。他说话声音不大,说的是普通话,每个字都咬得清清楚楚,他不是当地人。

我问他,"你要去哪里?"

我家的院子距离最近一户人家也至少有800米,院子外有条小路,干活的人总是从这里经过上山,也有彝族人从这儿抄近路回背后山上的家,偶尔还会有卖货郎背着货物路过。我想这个人也只是路过。

"你给我点水喝。"他咳嗽了一声,不回答我的问题。

果然是来喝水的。我退回厨房,给他用瓜瓢在水缸里舀了一瓢凉水，装在一个大品碗里，两手端起碗回到院子，他已经站在堂屋门口了。

"这些是你画的？"

这句话是他仔细打量了我家的堂屋后才问出的。我家堂屋正中间放着一张八仙桌，桌上方的墙壁上没有别人家都有的神龛，而是贴满了我画的画。这个男人指着其中一幅画问我：

"一个怕水的小孩在游泳，是吗？你怕水吗？你现在还画画吗？"

连着三个问题，我不知道应该先回答哪一个。不过他说起画画总是让我放松的，我从小就爱画，我妈也喜欢我画画，我让她给我买蜡笔她从不拒绝。

我说，我房间里还有好多画，你等一下，我去拿最近画的给你看。他说，好的，我坐下来等你。他走进堂屋，在一侧翻板椅上坐了下来。

我递过去厚厚一叠纸，马上有点后悔，画太多了。他直起腰来，双手接过画纸。他的手指细长，我不小心碰到一下，软的，热乎乎的。他仔细看画，每拿起一张画都要很看一会儿，看完了，若有所思，再长吸一口气把这张画放在一叠画的最下面，突然他在看一张画时抬头问我：

"这画的谁？"

画里一个人骑着一匹马，是背影，马站在山坡上，风在吹，下面是吹得东倒西歪的草。

"我爸。"

"哦，你们这里也有马？"

"没有。"我回答他。其实我也没有爸，不过幸好他没问。

他抬头："米多多，既然你们这里没有马，他哪儿来的马？"

他知道我的名字，这让我有点吃惊。就算我们这里的大人也不见得叫得出我的名字，他们总对我说，"米师傅家娃儿，你吃饭没？"而且，他怎么总是纠缠马的问题？

"我爸骑着马走了我们这里就没有马了。"

这个男人不说话了，我也不知道还能跟他说什么。他低下头继续看画，似乎也只是为了在堂屋里多坐一会儿。他低头的时候我站起来，在不远的地方低下我的头看他，他的头发又浓又密，中间有几根白头发，一根，两根，三根，我数了下，看得见的一共五根。也不知怎么的，我伸出手想帮他扯掉，但突然听见羊群的铃铛声越来越近，担心羊群窜进院子把我妈晾晒的干帮菜给吃了，等她回家又要挨她骂，我赶紧缩回手对男人说，我出去一下。

跑到院子里，羊群还没出现，爬上开满白花的李子树往外看，不爱说话的阿西婆婆正在赶羊上坡，她一只手挥舞着用碎布编织的花色长鞭,另一只手叉在后腰,嘴里嘟噜着只有羊们听得懂的声音,快步而来。

看见阿西我就放心了,她跟其他放羊的娃儿不一样,她会管好羊的。跳下李子树,走回堂屋,我想我应该问问这个男人为什么叫得出我的名字,他来这里到底要干什么,到底要去哪里。

但是他不见了。那一大碗凉水还放在桌子上,他没喝,那叠画放在他坐过的翻板椅上。

我再转过身,阿西已经窜进院子里了。她三两步跨进堂屋,东看看西看看,又盯了两眼堆在桌子上的那叠画,捧起那碗水咕噜咕噜喝下去,打个饱嗝,走过来摸摸我的头,"啊呗。"她说,然后再没说什么,一转身窜出院子追羊子去了。

上学路上遇到比我大几岁的秀宝。她辍学两年了，正在路边水沟里捞水芹菜。看见我了，她三两步凑过来，小声说："天刚亮的时候我妈出工，路过米师傅的裁缝店，我妈看见一个男的在里面，米师傅在哭。"

"那个男的是不是把衬衣扎在裤腰里？"

"我妈没说，她只说是内地来的。"

我这才想起昨天晚上发生的事。

我和我妈从裁缝店回家，正好停电了，村里刚刚通电没多久，停电是常有的事。只要一停电，我们就会早早地上床睡觉。但昨晚都躺下了，我妈又起身点起蜡烛，打开卧室里一只木箱子拿出一条花裙子。我从来没见过这条花裙子，我问我妈，哪里来的呀？我妈说，很久以前别人送的，当时觉得大了，你现在试试。

是一条泡泡袖连衣裙，白底红花，我穿上还是有点大，裙摆都快到脚踝了。我妈在烛光中盯着我看了一会儿，撇撇嘴：

"丑乖丑乖，不长个子。将就了，明天穿它。"

说完她掀起裙子下摆往上提，我伸起双手，裙子从我脑袋处飞出去，飞过双臂，在空中划了个圈。

"睡觉吧。"我妈吹灭了蜡烛。

我现在就穿着这条花裙子。来不及跟秀宝多说一句话，我提起裙子就往大队部跑，没有直接去学校，我先跑向大队部的裁缝店。裁缝店关着门，我妈不在。透过窗户我看见停放摩托的位置空了，我的心也跟着空了，一屁股坐在裁缝店门槛上哭起来。哭声中秀宝追了上来。我说，我妈和摩托都不见了。秀宝放下装满猪草的背篼，坐在我旁边说，你别急着哭啊，你妈肯定要回来的，她多半是送那个男的去乡场搭车了。

果然,哭声中摩托响起来。我赶紧往黄土坡那边跑,远远看见是我妈,她已经送完人赶回来了。还没等我妈看见我,我一转身又往学校跑,我可不想她看见我这个样子。

· 4 ·

"米师傅是个有点奇怪的人。"这话也是秀宝对我说的。

你是说她男人在很远的地方?我装出很平静的语气问。

"不是。"

"是因为她要种不结果实的花了?"

"不是。"

那是什么?

"米师傅是黑山村唯一一个坐着屙屎屙尿的人。"

可不是么，那一年我妈挺着大肚子回黑山村的时候，除了缝纫机，还带回一个抽水马桶。那个时候我家的院子还是一片废墟，她就住在大队部那间后来成为裁缝店的房子里。村里人跑来看稀奇，起初大家不知道这个又白又光滑的东西是什么，有人忍不住问她，米莲分，这个东西里面装了些啥子喃，是有啥子用喃？

她扯来一块布搭在马桶上面："啥子都没装，坐上去屙屎屙尿用的。"

为什么要坐着屙屎屙尿呢？大家都觉得太稀奇了。我们村所有人都是蹲着解决问题的。每家每户的厕所建在猪圈里，粪坑上面搭两块板子，人就踩在上面，上厕所的时候猪就在旁边哼哼。我们甚至都不把厕所叫厕所，一些人会说"我去猪圈解个手"，另一些人更直接："我去茅斯屙个尿。"

大队部倒是有一间公共厕所，附近村民和我们村小的老师学生都往这儿跑。那厕所一到夏天就臭气熏天，女厕所一进门就会看见地上整齐排列的五个洞，每个洞都多少粘着些硬帮帮的粪便，总有人对不准。这五个洞之间没有任何阻挡。五个洞下面是一个大粪坑，这大粪坑和男厕所是相通的。地面上，男厕所与女厕所之间隔着薄薄一层竹子编的篱笆，篱笆上胡乱糊了些泥巴。我们小娃儿倒没觉得有啥，那些大人来上厕所都不敢大声说话，也不敢太用力屙，怕隔壁听到。

夏天梅雨季节，公共厕所门口积起一大摊水。没人愿意踩这摊水，有人在这摊水上扔几个砖头，歪歪扭扭通向里面，大家就像蜻蜓点水一样，一跳一跳地跳在那砖头上。雨总下不完，雨水往厕所漫进去，索性厕所里的五个洞两边也分别放上砖头。这个办法好，再没有人踩到不该踩的了，但蹲在砖头上，要对着那个洞，难度又增加了。

　　冬天在这儿上厕所也很不舒服，臭味倒是没有了，但是冷啊，裤子一脱风就灌进来。

　　最开始，我妈很沮丧，她带回的这个马桶在村里根本没法用：没有与之匹配的进水和出水，抽水马桶就只是一个摆设。她只好继续把这个马桶放在裁缝店里，上面还是搭了一块布。有人来裁缝店做衣服、买东西，人多了如果没地方坐，就坐在马桶上，她一脸不高兴，走过去喊人家，麻烦你起来。马桶这么一放就是很久，在我们搬进现在的小院之后，马桶还放在裁缝店，又放了很久。有一天，村小的舒大有老师帮忙扛着马桶到我们家，帮我妈把马桶装上了。舒大有在我家忙了一整天，从早上点到晚上7点,他凿开我家厨房和厕所之间的墙壁,在厚土墙上打了手电筒那么大一个洞,在洞里安上一根水管,把厨房的水引到厕所,又在厕所的地上挖了个水沟直通粪坑。总之,最后,这个闲置了好些年的马桶终于能用了。

我妈当天为舒大有做了两顿饭,中午是院子里她种的香椿炒鸡蛋,晚上是干煸茄子。舒大有临走的时候,她坚持要为舒大有量尺寸,说要做件中山装送给舒大有。村里当时还没有谁穿过中山装呢。舒大有那时刚从山那边的小学调到我们村不久,量尺寸的时候我妈随口问,你老婆要不要也做一件?舒大有说,我老婆走了。我妈就"哦"了一声没继续问。

舒大有离开我家两分钟又折回来,在门口说:"米师傅,我刚才说我老婆走了,就是走了,走了就是死了的意思,不是跑了。"

说完这才真的下坡去了。

舒大有的宿舍和我妈的裁缝店相隔不远。刚到黑山村第二天,他来我妈的裁缝店引蜂窝煤,进门就被角落里的马桶吸引。舒大有不像其他人那样问这个又大又白的东西是啥,他问,米师傅,这个马桶需要安装不?我妈眼睛就亮了。

舒大有安好马桶离开后,我妈说,"米多多,你过来。"

我走到她跟前,她一把抱我坐上马桶,喊我屙尿。

我坐在白白的马桶上,坐了好一会儿,用了很大力气,但是坐着屙怎么也屙不出来。

"米多多,你不要发神,搞快点屙。"

"我屙不出来。"

我妈有点生气,她把我拉出厕所,自己一个人在里面。我坐在厕所外的屋檐下，心里也很不是滋味。

那天我妈一个人在厕所待了很久，哗哗的水声之后，她又待了很久。很久很久后出来，她对我说：

"米多多，你一定要学会坐着屙，你记住，总有一天我们是要离开这儿的。"

这句话让我紧张起来，我担心她会把我扔下一个人离开这儿。我想我无论如何也要赶紧学会坐着屙，我不能让她把我扔下。

我想起几年前，我和我妈一起去乡里赶场。黑山村所在的乡逢一三五赶场，山上的彝族人、山里的我们还有大坝上的人都会来。彝族人背着洋芋，我们村的人收拾出一箩筐自留地里吃不完的小菜，大坝上的扛着水果甘蔗，到了乡场随手一扔，原本的空地就变成了集市。我妈带着我在乡场上走走停停,她总走在我前面,动不动就喊,米多多你磨啥子磨,搞快点。

我妈站在集市一角供销社的柜台选草帽,我在她身边蹲下来看橱窗里一把塑料花,看了不知多久抬起头,她不见了。赶紧往前追,不见她,倒回来往后走,也不见。我穿过无数个大人的无数双腿,没有一双腿是我妈的青布斜纹料子裤。再跑供销社看看呢,还是没有。就站在塑料花那儿等她吧,可是塑料花在哪里,找不着了。我忍不住在原地哇哇大哭,人群围拢过来,就听供销社老板拿起个喇叭对着大街上喊:米莲分,米莲分,你娃儿在等你。

我妈从人群中挤进来,满脸疲惫和怒气。大家都看向她,她的脸"唰"一下红了,随即又变得平静起来。她一把抱起我离开人群,一边走一边说,短命娃儿,你不搞快点。

另一次是夏天过火把节,乡场上更是人山人海。

正逢雨季,山里的野菌子冒出来,被人们采了带到集市上,和着泥土包在南瓜叶里,摊开了放在土路上。各种彩灯到处挂,喇叭声四处响,耍猴的、套圈的都不知从哪儿窜进来了。我拉着我妈白衬衣的衣角跟在后面,到处人挤人,拉着拉着,白衬衣怎么变成了花衬衣,抬头一看,我妈换成了另外一个人。

"你这个娃儿哪家的哦?拉我干啥子?"

人群围拢过来,有人说,这个娃儿好像是黑山村米师傅家的。

· 5 ·

五保户阿西是村子里和我妈最亲近的人,前两年我还小,我妈每次去县里都把我安顿在阿西家。

我不喜欢待在阿西家,她的家阴黢黢的。但自从我从一棵麻栗树上摔下来掉进河沟,把左手腕摔脱臼之后,我妈就不许我一个人在村里到处跑了。用我妈的话说,我那次差点死了。

在我们这儿,死也不是多么特别的事。大人对小孩带点嗔怒的昵称是"小短命的",张口骂小孩的口头禅是"你找死啊""你个坎脑壳的""遭刀的""坎囚台的"。就在上个月，邻村有个小孩就真的在河里溺死了。山上有个彝族娃儿不久前发高烧死了。还有去年，我们村一个壮汉进山打猎摔下山崖摔死了，等到几天后大家发现他，听说尸体都发臭了。对了，那个壮汉的老婆两年前难产死了。很多年前我们村害过一场麻风病，死了八个人，另外有九个得了麻风病但没死掉的人，被统一隔离，住进了很远的麻风村再也没回来，其中就包括阿西的丈夫。

阿西鼻子又高又窄，两只眼睛深陷进去，整张脸皱纹密布，两个眉毛长得比一般人长，距离近，有一小撮已经白了。她牙齿早已掉光，这使得她任何时候都像在抿着嘴，似笑非笑地。她不怎么说话，总是轻悄悄在家里忙很多事，劈柴、烧火、裹烟叶、缝补羊皮褂，给圈里的小羊喂水，或者坐在木柴堆上，把她被太阳晒成紫红色的脸仰起来对着天空，嘴里咕噜咕噜发出奇怪的声音。

那堆木柴比我个子高,有一回我悄悄爬了上去,学着阿西的样子坐下来望天,结果被阿西一把拉下来,屁股上挨了一巴掌。

反正从我记得阿西起,她就很老了,到现在好像也并没有往更老了去。她抽烟吃酒,还爱吃我妈从县城给她买回的头痛粉,感冒吃,腰杆痛吃,肚子痛也吃,有病没病都吃。

阿西是在很多年前嫁到我们村的,阿西年轻时是什么样?我问过我妈。我妈当时奇怪地看了我一眼,这个,一直就是这样啊。过了好几天,坐在缝纫机前的我妈突然停下手里的工作说,不对,米多多,你外婆见过阿西年轻的时候。

这之后,我妈开始跟我讲阿西的故事。

我妈(听她妈)说,阿西原来的家在云南,大山那边,她是在年轻的时候突然来到我们村的。在一个冬天的夜晚，阿西光脚走进一户光棍家，用她蹩脚的汉话对那光棍说，今年洋芋不够吃，我想结婚来和你搭伙。说完这句话就把力气用完了，瘫倒在地上。光棍走过去问你从哪儿来，叫啥子名字啊？阿西指了指西面，张开嘴发出一个"a"音，再把嘴巴闭回，像是说了个"xi"，又像是叹一口气。说完她晕过去了，大家后来就叫她阿西。

　　嫁给了光棍的阿西可能干了，不仅养猪放羊，还把光棍家房前屋后的荒地收拾出来种菜。这片荒地里满是石头，没有人看得上的，却被阿西整理得好极了：大小石头捡出来码成围栏，中间的土用锄头捣碎了勾成一条一条的，种上洋芋，很快青苗子就窜出来，慢慢开出了白花。村里以前不种洋芋的，自从阿西家地里长出的洋芋又大又圆，大家也来要种子跟着种了。阿西汉话说得不好，大家叫她阿西她也只是应着，很少主动说话，她后来再也没离开过我们的村庄。

"阿西，阿——西——"只要把"西"这个音延长，延很长，就会变成一连串的气音，在夜晚念出来很好听很好玩。后来的很多个夜晚，躺床上睡不着的时候，我念叨着阿西这名字，我妈就给我讲阿西的故事，一遍一遍重复的也就是上面那几句话。有一天夜晚，在故事的最后，她加上了一段。

我妈说，阿西的男人，那个光棍，几年后得了麻风病。那时候麻疯病很吓人，治不好，会传染。听说，就连耕地的牛好像也得了这种病，病死了的人和牛都要赶快埋进土里，不然尸体也会传染。没死的人都被政府统一安排去了很远的地方。东面大黑山深处有个山坳，顺着山坳一直往下走，走大半天，最底处有块平地，平地旁边就是大渡河的支流，政府在那儿建了个麻风村，全县得了麻风病的人都被送到那儿隔离，不准再回来。很多人受不了跳进了河里，很多人都病死在那儿了，也有很多人带着麻疯病留下的残疾在那儿活了下来，开荒种地，不再离开。阿西的男人也被送去麻疯村了。

"那他死了吗？"

"不晓得死没死。"

"他和阿西没有娃儿吗？"

"有，死了。"

· 6 ·

我想去问问阿西,那个衬衣扎在裤子里的男人到底是干什么的,我妈的事只有她一个人知道。

阿西家院子里总有股奇特的味道,好像一块虫蛀过的松木板被锯开,又在阳光下晒了很久。阿西是我们村唯一的彝族,但她家的味道不是彝族的味道。我们村背后山上住的那些彝族,隔天去大坝上赶我们的乡场,经过我们村,停下来在大队部的商店买酒喝,那味道比阿西家的味道可重多了,洋芋混合羊膻味和酒味,老远就能闻到。阿西家的味道要淡些,悠悠的,有点怪。

阿西的脸庞藏在堂屋的阴影里,火塘的微光勾勒出她小而干瘪的下巴。阳光透过屋顶上的两匹亮瓦形成光柱,投射在黑得发亮的灶台上。我看见光柱里细小的灰尘在游荡。阿西在抽叶子烟,她穿一身我妈做的藏青色偏襟衣服,外加一条看不出颜色的围裙,头上裹一圈厚厚的帕子,白头发从帕子下面露出几缕。一年四季阿西都穿得这样,不管再热还是再冷。见我去了,她把叶子烟往地上摁了摁,灭了,剩下半截揣回衣服包里,朝我走过来。

"阿西婆婆,你看到那个内地人了吗?"

"嗯啊。"

"他是干什么的?"

"问你妈。"

"我妈才不会跟我说呢。"

"你妈跟我说,不要跟你说。"

说完阿西又转身掏出她的叶子烟,点燃了坐回阴影里,不理我了。

· 7 ·

我打算跟我妈好好谈一谈那个男人。这些天我脑子里总冒出那个早晨发生的事,想起那个男人坐在李子树下的样子,想起他在堂屋翻板椅上看我的画。

大队部红砖房里,缝纫机的声音细细碎碎,我妈在给一条红色床单卷边。在码成一面墙的布匹下方,缝纫机后就坐着我妈。窗户透过来的侧光里,她白衬衣外系着花围裙,又黑又亮的齐肩发挂在耳朵后，头微微低着，额头上有汗珠闪着光。缝纫机的线迹正行走在红色床单的边界上，床单的一头在她怀里，另一头从缝纫机机头下，和着脚踏板踩出的节奏钻出来，绵延到缝纫机前面的地上，堆成大片红色。

这一面缝完了，我妈抓起床单在空中一挥，翻到另一面，把大片红色收回她怀里，继续缝另一边。在她抬头的瞬间，她的上牙用力咬住下嘴唇，嘴巴微微歪向一边，眼睛瞪得圆圆的。

她一直工作着，没发现我进门。我故意把书包往门口的茶几用力摔，书包里的几本书滑落在地上。从很小的时候起，我总用类似这样的方法，摔东西，或者自己故意摔一跤，让我妈注意到，在她的世界外还有一个我。

缝纫机的声音戛然而止，她看见我了，瞪我一眼。

这几天我们之间的感觉怪怪的，跟之前不太一样，不怎么说话，她也不像往常那样关心我的作业。昨天我画了一幅画给她看，她当时在院子里晒衣服，只瞟了一眼，说一声"还可以"，就继续忙她的了。

她不招呼我，起身进入用纸板隔成的小房间拿出准备好的饭菜，在门板改成的裁台上摆好，说，饿了嘛，快来吃。

说完又快步走回缝纫机。在缝纫机再次响起之前，我鼓起很大的勇气说，妈，秀宝她妈说，你有一天早上哭了。

她整理缝纫机台面的手停顿了一下，什么也不说，坐在缝纫机前准备开工。

我一边夹菜到饭碗里一边说，那个人也去我们家里了。

她像是没听见我在说话："你快点吃，吃完饭我们要去阿西家。"

她又踩响了缝纫机，笃笃笃，笃笃笃。她的表情越来越严肃，额头上的汗水越来越多。突然跳一针，缝纫机停止工作，缝纫线断了，她牵起缝纫线三两下穿好，压脚板"叭"一声压下去，右手往台面上的轮子一抹，笃笃笃，又响起来了。

我想问点什么的，但我知道问不出什么内容，也担心问出什么内容。我的心和着缝纫机的节奏，笃笃笃，笃笃笃。

我妈从没在我面前哭过，我想能让她哭的事一定很大。

我记得有一天半夜，做了个什么梦，梦见自己从很高的地方摔下来，在坠落的过程中醒过来，看见堂屋还亮着灯。

应该是很深的夜了，屋外一点响动都没有，苞谷地里的蛐蛐都没再叫，我很想喊一声"妈"，但我听到她吸鼻涕的声音。这声音一下一下的，让我彻底清醒过来，也喊不出那一声"妈"来。我害怕着什么，好像只要喊一声妈，那个让我害怕的什么就会更让我害怕。但我不想再听到我妈吸鼻涕，我翻了个身，用力把床弄出声音，还故意咳嗽了一声。我妈不再吸鼻涕了，四周变得更加安静，灯光依然亮着，我一度怀疑我妈睡着了。

过了一会儿，吸鼻涕的声音又传来一两下，我决定叫我妈，但那个能让我叫出声音的时机，在我的犹豫中，似乎过去了，再喊就会很突兀，就会显得我为喊这一声，经历了很长时间的思考，我觉得这是不合适的。我又翻了一下身子，木床吱呀呀又响起来。我妈终于走进来，给我理了理被子，我闭上眼假装睡着了。她比平常温柔很多，理被子的时候还顺便拍了拍我的肩膀，理了理我的头发。

我又睡了，起先做的那个梦又在继续。我老做差不多的梦，梦中总是这样：梦到从高处掉下，整个身体失重，跌进深渊。梦到摔倒在深坑里，怎么爬也爬不上去，双脚用不上力。梦见有人追我，他追啊追，我跑啊跑，眼看就要追上来了，我却突然怎么也迈不开步子了。

但是这个晚上，在我妈给我盖了被子，我再一次睡着之后，我被一只大老虎追赶，在经过一段四周挤满怪石的黑色通道时，梦里长出了新的内容：我轻轻地飞了起来，飞出了洞口，而那只老虎还留在原地，它微微张开的嘴巴试图朝着我的方向咆哮，但终于是慢慢闭上了。是的，我在梦里会飞了。

后来，这样的梦还在很多个夜晚持续：在我从高处掉下的时候两手伸开就可以往天上飞，想要转个方向，头一偏就转过去了，如果要倒退，像划桨那样就可以了。有人或别的什么东西追我，我就快速往前跑，一边跑一边双脚离地，轻轻飞了起来，那些追我的人就在我的下方抬头看着我,一点办法也没有。

不一定是为了逃避追赶,随便什么时候,我想飞就飞。有时候从窗户那里飞上屋顶,在我们的小村庄上空盘旋,青瓦房顶在我的面前铺陈开来,房顶上的猫呆呆地注视着天空中的我。有时候飞得更高些,从一座山的山顶飞到另一座山的山顶,一低头就能看见最高的山那边彝族人家的坡地,坡地里绿油油的洋芋苗开出了白花。也有时候飞过玉米地,飞过核桃树,飞到村庄下方的小河滩,飞得很低很缓慢。有时候飞的过程里还会遇到也在飞的乌鸦和猫头鹰,我就和它们并肩一起飞,它们去哪儿我就去哪儿。

我忍不住把我会飞的秘密告诉我妈,她当时正在缝纫机后面忙碌,她一边剪掉面料上的线头一边漫不经心地回答我:人咋可能会飞嘛,坐在飞机上还差不多。

　　飞机,这是那个时候我们的世界里最神奇的东西。我问我妈,你坐过飞机吗?我妈说,没有,但总有一天会坐的吧。

· 8 ·

　　每次去阿西家，我妈总会带些裁缝店里的碎布头，阿西见着这些布头就两眼放光。我们坐在火塘边烤火，吃洋芋，阿西用碎布头编鞭子。在一根木棍的顶端打个结，从这里出发往下编，不管再碎的布头，总能在阿西手里，长出一根鞭子来。鞭子用来赶羊子，但么多根了，怎么用得完，阿西就把它们胡乱挂在墙上，远点看过去，像从土墙上开出一片藤藤花来。

阿西在屋里头，推开屋门进去，门外傍晚的天光正好照在中间火塘上。虽然是春天，山区早晚温差大，火塘里还有火炭，看起来没有燃着，拿根棍子刨一刨灰，火星子就冒出来了。

房间的右边角落是木床，木床两面靠墙，床尾紧挨着两张板凳架起一副棺材。棺材上堆着杂物，衣服，塑料盆，撮箕什么的。左边是灶台，旁边一堆木柴，都是山上砍来的松枝，晒干了搬进屋，松针落在最下面，铺一地。

阿西挪开棺材上的杂物，打开棺材盖，拿出一个玻璃瓶，晃了几下，耳朵凑过去听，再拧开盖子，倒一碗酒递给我妈。我妈端起酒碗抿了一口，叹口气坐下来。阿西再用火钳在火塘里翻找两下，几个焐熟的洋芋滚出来。

我妈捡起一个洋芋递给我说，米多多，你去外面等我，不要走远了。

拿着洋芋出门，我有点生气，我想我永远也不可能知道那个男人是谁了。

洋芋很快就啃完了，我坐在柴堆上织发带等我妈。我妈和阿西在堂屋里吃酒。我妈在说着什么，说着说着就开始哭，开始还嗷嗷嗷的，后来哭声变小了，嘤嘤嘤，阿西就坐在火塘边编鞭子。

织发带这个本事也是我妈教的，工具是两根竹子削成的棒针，材料是旧毛衣拆下来绕成团的毛线。我妈前些天帮我起的针，我顺着平针往下织，织得够长的时候就可以找我妈收针。织啊织啊，织到了可以做发带的长度，我妈还在和阿西吃酒，我妈的哭声停止了，只偶尔吸一下鼻涕。要不再织长点吧，迷迷糊糊中，我想现在的长度都可以给阿西当裤腰带了吧。我靠在椅子上睡着了。

"米多多，起来，回家。"

我妈这句话把我叫醒了。睁开眼，太阳已经落山，天空被余光染成粉紫色，有一朵云还停在原来的地方。我起身拍拍裤腿上的泥，抬头说，好。

我们一前一后走出村中心，过了凉桥就是上坡，坡两边的林地里传来几声鹧鸪叫，几只蛐蛐儿也在草丛里跟着叫，我想着春天很快就会过去，然后是过不完的夏天。

天还没有完全黑下来，月牙儿弯弯挂在天边。这一天就要结束了，但是我感觉到有什么事情就要开始了，我的心扑扑跳着，跟着我妈走路的节奏。走到一块大石板，她停下脚步，纵身一跃坐了上去，我伸出手，她把我拉上了大石板。

这样的时候太少了，走路一向很快的我妈，突然停下来，坐上了只有放羊的人和小孩子才会坐的大石板。

面对大队部的方向，我和我妈并排坐在大石板上。石板上还有太阳留下的余温，我感觉到屁股热乎乎的。这时候往大队部看，房屋和树林都变成了一团一团的，房顶的轮廓有点模糊。村小的篮球场是水泥地，这时候泛起白光。有一两户人家亮起了灯，但灯光灰暗。有两只狗的叫声传来，谁家的小孩也哭起来。再往更远的地方看，梁子上到处是开垦的农田，农田之上的小黑山这下真是黑黢黢的，小黑山与天相接的地方这会儿特别清楚，变成了一条分明的曲线。我妈把一只手搭在我肩膀上，也是热乎乎的。

"米多多你都8岁了哦。"我妈说。

"嗯。"

"太快了。"

"你说过9岁的时候在县城给我买两条鱼，还有鱼缸。"

"哦，你那么喜欢鱼？"

"你说过要买。"

"嗯，9岁也没多久了。"

"反正你说过要买。"

我担心她反悔，但她好像并没有在意我的话，她一用力，跳下大石板。她又说：

"时间过得太快了。"

说完她往家的方向走，脚步越来越快，我跟了上去。有几下我几乎是在小跑了，我想我不能落得太后面，不然我妈转身对我说话的时候我会听不见。我知道她一定还会对我说什么。果然，走到梁子上的时候她突然停了下来，转过身：

"米多多，我觉得，我们应该很快就要离开这儿了。"

她用了"我觉得"和"应该"，但说的时候狠狠的，语气让我想起她有一天往墙上钉钉子。

· 9 ·

　　李花开过,天气就热起来,梁子上的风越吹越大,风一吹,大队部凉桥边那棵黄桷树,一夜之间,树叶全变黄了。坐在裁缝店的窗前抬头的那么一会儿,微风吹落一地黄桷树叶。有时候都没有什么风的,就听见轻轻的,唰,唰,一声连一声响起来。偶尔有狗窜过来,脚踩在叶子上的脆响也是,唰,唰。阿西拿着扫把撮箕来扫树叶回家晒干了引火,扫一遍回头看,地上又铺一层。

日子越来越好过，冬天都熬过了，黄桷树为什么要在春天落叶呢？是要给新长出的嫩叶腾出位置吧。仔细看，还真是一边落叶一边长出新叶，也就这几天，新叶的芽苞冒出来了。

新芽是可以吃的，我拿着竹竿打黄桷芽，打下来蘸盐巴吃，蘸一下咬一口，再蘸一下咬两口，酸的涩的爽口的味道，嫌不够味就回裁缝店偷偷蘸点辣椒面。

前两天还吃着芽苞呢，今天一抬头，黄桷树嫩绿得泛黄的叶子长满了枝头。

"妈，你说，我吃了那么多黄桷芽，咋没见叶子变少喃。"

"米多多你不要发呆，快来帮我剪线头。"

其实我很想问，黄桷树都长新叶子了，我们到底好久离开这儿。

离 9 岁生日还有三个月，我妈从县城带回两条红鲤鱼，拇指那么大，装在一个泡菜坛样的玻璃罐里。村里的小孩从来没见过红鱼，我时不时把它们带到学校，上课的时候就放在比我还高的窗台上，放学了再小心捧回我妈的裁缝店。小红鱼吸引来全班同学的目光，我也常常盯着两条鱼看，就像我妈盯着她的山茶花那样。当然，看鱼比看花有趣多了，我看它们在水里游来游去，尾巴一摆一摆的，有时候好像水都不存在了，它们在空气中飘过来飘过去。

那辆嘉陵 70 越来越旧，有好几次我妈进城，出发的时候点不燃火，她牙齿紧咬下嘴唇，两只手紧捏方向把手，摩托车歪向一边，一只脚踩地上，另一只脚用力踹离合。踹啊踹，踹得她自己满头大汗，在我觉得"这下完了车坏了"的时候，吽——油门声突然响起来，声音大得呀，路面都在打抖抖。

我松口气，我妈一轰油门，摩托车飞奔下山了。

· 10 ·

"你爸死了吧?"

在校门口,同桌马小华这样问我。

他故意问得很大声,你爸死了吧?这几个字像锥子朝我扎过来。

马小华课间休息的时候想滴几滴蓝墨水进我的鱼缸,他说我们来做个试验,大海都是蓝色的,我们给红鱼造一个蓝色的大海吧。我不同意,但马小华仗着比我高,墨水瓶直接越过我的头顶放在窗台上，然后他跳上桌子，准备往鱼缸里倒蓝墨水。我当时很生气，跳起来一把抓过墨水瓶往外扔，墨水瓶落在了窗户外的苞谷地里。马小华正要发作的时候，上课铃响了，舒老师走进教室，他只好回到座位上。放学了，马小华捡回墨水瓶，发现瓶子已经摔坏，墨水流进了土里。

你爸死了吧？就这句话，校门口的学生都听见了，有两个还是我们同班同学，他们停止打闹站在原地，像收音机突然断了电。

我从牙齿缝里挤出几个字：你爸才死了。

"我爸在县城开挖土机，你爸哪个都没看到过，你爸就是死了。"

他眯着眼睛张大鼻孔看着我，一边嘴角歪出老远，鼻尖上的雀斑一抖一抖的。他等着我反击他，准备好了要跟我大干一架。

我没有反击，只觉得无比委屈，我确实也从没见过我爸。我朝他的方向用力吐口水，吐口水只是一种象征，并没有落在他身上，只为了表示我懒得跟他干架。口水一落到地上，人群就哄笑起来，我深呼吸两下，快步离开校门口。马小华在身后朝我的方向吐了更大一口口水。

走回裁缝店，我一脚踢开门："我爸是不是死了？"
"哪个说的？"
"马小华。"

第二天上午语文课，舒大有老师正在教我们"好雨知时节"，门被"砰"的一声推开了，门口站着我妈。她白衬衣的袖子挽得很高，双手交叠抱在胸前，歪头盯着马小华。就这个双手交叠的姿势，眼皮不眨一下，眼珠子一动不动鼓着，死盯着马小华。时间停止了，就像在玩123木头人游戏，我妈是那个发号施令的人，只要我妈不动，没有人敢动。

舒大有在讲台上有点蒙，他大概做好了准备，如果我妈要打马小华他就过来阻拦。但我妈站在门口一动不动，他也就一动不动看着我妈。教室里安静得很，全班同学一动不动看着马小华。我能听到自己的心跳声，脚指头都抠紧了。马小华一开始还一副无所谓的样子，过一会儿他崩不住了，嘴唇开始有轻微的颤抖，后来他的身体抽动起来，眼泪顺着眼角往下流。

我妈几大步走进教室，走到马小华面前，这时我才注意到她手里捏着一瓶蓝墨水，她"叭"一声把墨水瓶放在课桌上，转身离开了教室。舒大有干咳一声，说，继续上课。

晚上，我坐在灶门前攒火，我妈站在灶台边使劲揉一团掺了荞麦的面粉，火苗窜出来映红了她的脸。面粉放在一个搪瓷盆里揉，她揉一下面粉，抓起来扔回去，再揉一下，又抓起来扔回去，搪瓷盆撞击在灶台上的声音嗞啊嗞地响。平常她不会揉这么久的面粉的，我想，她是在拖延，不想讨论白天发生的事。

终于，我妈对我说了三句话，三句话间隔时间长，说完一句要停一会儿再说，每一句都像砸面粉一样从嘴里砸出来：

"你爸会骑马。"

"你爸会画画。"

"他在单位上有工作。"

她的语气不容许我再往下问。她就是这样，每次要跟我说严重的事，语气和眼神都恶狠狠的，不给我任何机会。我心里很生气，而且也不太理解为什么要生气，在生谁的气。

在我妈把一盘蒸熟的荞麦粑粑递到我面前的时候，我心里好过点了。荞麦第一口咬下去是苦的，嚼两下苦味就散了，后来还有点回甜，和苦瓜的"苦甜苦甜"有点像。我一边啃荞麦粑粑一边想：我妈比我还惨，毕竟她没有爸爸，也没有妈妈。

· 11 ·

我妈的爸妈,我的外公外婆,在我妈17岁那年,死在了一场大火里。

事情的起因是村长家儿子娶媳妇,媳妇本来应该是我妈,这件事要从外公和村长说起。外公是国民党时期的保甲长,年轻时在村里是响当当的人物,他和后来的村长是好朋友,一起打过土匪,跟山上的彝族也动过枪。后来时代变迁,外公成了"黑五类",到处受打击。村长没有划清界限,还在我妈出生时主动说起：等孩子们长大了两家联姻。

但不知怎么，我妈在长到16岁的时候，要求外公毁约，左磨右磨外公竟然同意了。去到村长家说了，两个好朋友就此翻脸。村长儿子后来娶了邻村媳妇。

婚礼邀请了全村老少，只我们家排除在外。婚礼当天，我妈、我外公和外婆，他们三个人白天去了县城，很晚才回到家，到家的时候正赶上喝完喜酒发酒疯的人到处乱窜。外公和外婆关上了房门。

村长家是酿酒专业户，儿子结婚，高粱和小麦酿的酒当然随便喝，这可乐坏了全村的酒鬼。村长还请来了山上那些总来买酒喝的彝族男人，那些人更不得了，喝着酒唱着山歌哇啦哇啦又闹又跳。夜很深了，大家喝得烂醉，有人在大队部炸金花，有人在小河沟打跳，还有人跑到我家后面的草坡上大吼大叫，折腾到半夜才渐渐安静下来。那晚的风好像也醉了，一直在呼啦啦吹。到后半夜，草坡上大吼大叫的人扔下的烟头引燃了冬天的干草，火势顺着草坡蔓延到了我们家。

我们家离村子最近的一户人家也有800米的距离，等早晨全村人醒来才发现那可怕的一幕：我们家被烧成了黑糊糊的一堆，牲口倒在地上。人们分别在堂屋和卧室里发现了我死去的外公外婆。只有我妈还活着，她满身烟灰，坐在房门外被烧过的草坡上发呆。

有人说，那天夜里好像听到我妈在哭喊，但是当时自己喝醉了，以为是另一个喝醉的人在发酒疯。也有人说，我妈跑出来敲开了最近一户人家的门，这家人只有一个光棍，这个光棍醉得实在太厉害，还没听清楚我妈说了什么就倒在门坎那里睡着了。还有人说，第二近的那家房门我妈也去敲过，因为在那个房门前看见我妈落下的一只鞋子，但那家人坚持说，他们根本没听到任何声音。

在我们这里，几乎每年冬天都会因为各种原因发生火灾，火灾有大有小，只是这一次，大家说，有点惨。外公外婆的葬礼是在他们死后第三天举办的。灵堂就设在大队部那间后来变成裁缝店的空房间里。

村里的人陆续来吊唁，那个"没听清楚我妈说了什么就倒在门坎那里继续睡了"的人来了，离我家第二近的那家人来了，新郎新娘也来磕了头。村长走到我妈面前，拍了拍我妈的肩膀，转身行礼去了。行完礼，每个人都要围着棺材转一圈，哭丧都哭得呼天抢地的，嗯嗯啊啊其实更像唱歌。不管真哭还是假哭，哭丧是礼节。

只有我妈不哭，她跪在两口棺材旁，眼睛瞪着空处，牙齿咬得紧紧的，她不向来吊唁的人道谢，也什么都不说。

在我们这个村子，发生一件这样的大事，大家一般会谈论很久，但这次，大家只是聊了聊这些内容：棺材是树脂漆的吗？今天出殡日子好不好？收到几匹白布？火烧的还是土埋的？葬礼花了好多钱？啧啧，这墓碑是大理石的吧？

他们谈论这些，就像在谈论天气，谈论今年庄稼的收成。这中间也有人在说，这个米莲分啊，爹妈死了都不哭一声，咋想的喃。

村里的两户亲戚表示我妈可以去他们家里住，等房子翻修好了再说。但没了爹妈的我妈不愿意翻修房子，也不去亲戚家住。她住进了五保户阿西家。

我妈穿上阿西的羊皮褂帮阿西放羊，每天早上是全村第一个把羊往山上赶的人，到了傍晚又是最后一个让羊群回到圈里的人。放羊的地方就在被烧毁的院子上方，那里野草丰盛，羊群淹没在草丛里，院子里的李子树还活着。

一个傍晚，村里来了个男人，是个照相的。照相的皮肤白，牙齿更白，他穿着西装和喇叭裤出现在黄土包，西装没系扣子，敞开来露出里面的衬衣，走路的时候西装下摆一煽一煽的。他走到村中心大队部，把相机支在麻栗树下，对着最大的那棵黄桷树搞了很久，抬起头说，一张照片五角钱。

人们纷纷围过来，那大概是村子有史以来第一次出现照相机。

照相痛不痛？有小孩子问。照相的人说不痛。但还是没人走上前去照一张。这时候照相的对着人群外的我妈说：

"你，过来，我给你照一张，不收钱。"

我妈当时斜靠在坡下一堆苞谷杆前，她理了理头发，大大方方走过去照了。她照完转身对小孩子们说：

"不痛。"

这之后有别的人也跟着照。就连阿西也来了,她凑到我妈耳朵边说了半天,我妈对照相的人说,要麻烦你给阿西婆婆家的羊子照一张。

照相的人拍照的时候我妈一直在旁边看,照完了所有围观的人,去照阿西家的羊,照完阿西家的羊,还有村民来找照相的给自己家的水牛照,给自己家的骡子照,我妈就一直跟着。所有的人和牲口都照完了,男人转身对一直跟着的我妈说,你还想照?

我妈说她想照,但不是照自己,她的意思是她想摸摸照相机。男人把我妈拉过去,教她怎么调、怎么按,我妈就举起相机在头顶对着黄桷树和天空拍了一张。男人说,你太浪费我的胶卷了啊,要拍人才划得来。我妈说,那你笑一个露出牙齿,我给你拍。男人哈哈哈大笑起来,没想到我妈真的就对着他拍了。

一个月后，照相的男人带着照片回到村里，我妈那张照片里，她穿着羊皮袄子，眼睛睁得大大的，嘴巴咬得紧紧的。我妈拍的那两张照片也洗出来了，大家都觉得我妈把黄桷树拍得更大了，把照相的那一口白牙齿也拍得更白了。照相的给大家发照片，又有很多人拍了很多照片。

照相的果然没有收我妈的钱，但他走的时候，我妈就跟着他走了。

走之前我妈脱下了阿西的羊皮褂子，连同一叠照片放在阿西家火塘前的板凳上。我妈走后大家说，米莲分啊，可惜了可惜了，跟着个照相的跑了。我妈并不是村里第一个跟着外面的人"跑了"的人，以往大家谈起"跑了"的人都没什么好脸色，但想着跑了的人是没了爹妈的米莲分，大家的语气会缓和些，音量也小些，说完还会吐一口气，好像总算一件事过去了。

冬天过去，春天来了，河滩上的苞谷地绿油油的，风吹过，一浪又一浪起着波澜。照相的没有回来，米莲分也没消息。夏天，苞谷结了穗子，黄桷树的绿阴摊得更大了，米莲分还是没有消息。秋天，村口的柿子树落光了叶子，红色的果实孤零零挂在空中，偶尔"啪嗒"一声掉地上。大家坐在村中心聊天，彝族人喝了酒打起架滚下坡，又骂骂咧咧爬上来，黄桷树下猫啊狗啊窜出来打闹，米莲分还是没有回来。

有人说，米莲分恐怕是再也不会回来了。又有人说，那个照相的第二次拍的照片恐怕也是不会再拿回来了，可惜了可惜了，白拉拉照了。

· 12 ·

每到季节变换的时候,总有人说起米莲分,旁边的人就跟着叹口气。一年两年,三年四年,渐渐说得也就少了,等村里人再见到我妈,已经是十年后。

28岁的米莲分挺着肚子坐在一辆拖拉机上,拖拉机直接开到村中心。拖拉机除了拖着我妈,还拖来几大件行李,其中包括一台缝纫机,一只抽水马桶,当然还有很多好看的布匹。这所有的东西像小山一样堆进了大队部那间曾经给我外公外婆设过灵堂的房间里。

好多村里人涌过来，挤在房间门口，主要是老人和小孩，那些大人们呢，一边竖起耳朵，一边装作若无其事的样子。

面对十年后再回到黑山村的我妈，全村人陷入一种莫名其妙的不安。在夜深人静时，有些人家的火塘前就会坐着聊天的人，他们故作轻松地小声说起米莲分，他们说，米莲分一个人回来，怕是外面日子不好过。又有人说，再不好过也是过，回来就好过了哇？还有人说，回来做啥子嘛，没得必要。

大家没想到的是，十年前那个照相的拍的照片，我妈全部都带回来了，照片有厚厚一叠，以家庭为单位装在一个个信封里，信封上还写有每家人的名字。

我妈安顿好自己之后，开始一家一家发照片。

虽然这十年过下来，拍照已不是件稀奇事，但是看到十年前的照片，大家还是很惊讶，一边看一边感叹，哎呀呀，一晃就是十年呀。照片里的小孩子除了一个夭折，如今都长成了大人。有三位老人相继去世。有个小伙子，十年前还一切正常，现在因为扯羊儿疯扯成了疯子，如今天天戴个毛线帽在村中心晃悠。那些村民们牵着的牲口，如今还活着的只有一只土狗，但也快要老死了。

· 13 ·

大肚子米莲分回来开起了裁缝店,黑山村有史以来的第一间裁缝店。

从制作纸样到裁剪、缝制、熨烫,做衣服的每一道工序都由米莲分一个人完成。她做的第一件衣服就是送给阿西的,一件咔叽布普蓝色外套,阿西穿上后好像就再没脱下来过,反正从我记事起,一年四季她每天都穿那件衣服。

裁缝米莲分不仅会做新衣服,还能把旧的坏的衣服缝补得比原来的样子更好看。膝盖处的窟窿用一块同色面料从里面补上去，外面边沿绣一圈花草纹样。肩膀处磨破了，就找一块花布替换，看起来像个新款式……而且缝补旧衣服她从不收费。虽然她做新衣服不便宜，对客人态度也不算好，但短短两个月，十里八村，甚至乡里的人都慕名而来找米师傅做衣服。

来做衣服的人往往也会提很多奇怪的要求。做裤子要在膝盖部位多做一层，耐磨。一块面料把反面当正面做，因为反面经得脏。衬衣下部要做两个包，好装东西。给还在长个子的娃儿做衣服要大两三个码，能穿很多年那种。我妈对这些要求全部满足。"等有钱了，去裁缝店给你做身新衣服"，这句话一定有很多人对他最亲近的人讲过。

虽说是裁缝店，做衣服的时候倒不算多，村里人哪儿来钱经常做衣服呢。不过我妈一直都很忙，没衣服做的时候她做围裙、做袖套、做包包、做被套床单……她还把做那些东西剩下的碎布头拼起来，做婴儿用的尿片，这所有的东西五花八门堆满了小小的房间。她还做鞋呢，先用缝纫机打好鞋面，再用一根锥针穿上麻线，一针一针手缝在塑料鞋底上。她做的鞋子比县城里买的耐穿，干活也耐脏，附近的人都来买。

有一回一个老高山上的彝族女人闯进我家店里，请我妈帮她做一张裹头的头巾。我妈一开始不想做的，那太麻烦了，但那个女人就站在柜台前一动不动，手里拿着一张旧的手缝头巾，也不说话，就那么站着，太阳落山了她还站着，最后我妈只好同意了。

头巾做好了，是由很多细长的，不同颜色的布条拼接而成的，上面密密麻麻扎满了缝纫线，跟那条旧的款式一样，颜色更鲜艳。那个彝族女人拿在手里看，戴在头上摸，对着裁缝店里缺了角的方镜子赞叹，啊呗呗。从此以后，裁缝店里的货架上又挂满了五颜六色的彝族头巾。

又因为我妈经常去县城买布，有时候也顺便捎回一些别的东西。盆子啦水桶呀，牙刷啦香皂呀，钉耙啦锄头呀，早些年只是帮村里人的忙，后来带得多了大家也不好意思了，都说，米师傅呀，不如你进点货来卖吧。就这样，我妈的裁缝店又卖起了杂货。不过大家还是会说这里是裁缝店，因为大队部另有一家杂货铺，我们叫它"商店"，就在村小对面。

我妈的肚子大得没法在缝纫机前坐下来的时候，村里人看见裁缝店里多了个男人。这个男人哪儿也不去，每天就把自己关在店里，裁缝店也不开门营业了。

我出生的那个晚上,阿西来接生。阿西带着一把剪刀来大队部,帮我妈剪断了脐带。

我妈在我大些了跟我说:

"阿西忘记了我是个裁缝,不缺剪刀,阿西带来的那把剪刀啊,太钝了,她把剪刀放在火上烧,烧得滚烫开始剪,剪了好几下才把脐带剪断。她剪的时候我好想跟她说,外面桌子上就有一把缝纫剪刀啊,但是生你已经把力气用完了,嘴巴张开又不由自主闭上,根本讲不出话来。"

我妈这么说的时候,我忍不住捞起衣服看我的肚脐眼,越看越不对,好像那把钝剪刀剪过的痕迹还在,我起先以为自己想多了,但有一次看到我妈的肚脐,就是要比我的圆些,深些,好看些。

除了这个细节,我妈再不会跟我讲任何关于我出生的事。生下我之后,阿西和那个男人一起照顾我妈,七天后有人看见男人离开了。

关于这个男人,村里人只流传出两句话:

"不是那个照相的。"

"腰杆打得笔直,衣服扎在裤子里。"

· **14** ·

在我长到两个月的时候,我妈带上我出远门了。这次远行去了哪里发生了什么,我当然没有任何记忆,是很多年以后才听村里人说起。

他们说,那时是夏末秋初,水稻在田里等待收割,核桃树被果实压弯了腰。头一天邮递员送来一封给我妈的信,第二天早晨我妈抱起我就跑了。他们又用的"跑了",不是走了。

大家猜测我妈再也不会回来了。也有好事者去问阿西，米莲分去了哪里。阿西豁着她似笑非笑的嘴巴："阿么，不晓得嘛。"

一个月后我妈就抱着我回到了村里。她出现在村中心的时候是下午，这回是一辆灰色面包车载着她和我。面包车司机是县城里的，他说在火车站拉到的我妈。我妈抱着我从副驾钻出来，她整个人瘦下去一大圈，脸色苍白。阿西接过她手里的我，有人过来问："米师傅，你这是去了哪里？"

我妈说，去得有点远。说完她一屁股坐在大队部屋檐下喘息，她全身抖得厉害，跟阿西说她想喝口热水。当天晚上她开始高烧，烧到第二天，阿西在山里抓来一堆草药煮了水给她泡澡，泡完澡烧得更厉害。

第三天，有人从乡上找来一位医生给我妈打了一针，没想到烧没退，我妈昏睡过去了，有时候她醒过来，嘴里不断重复说着些话，但也听不明白她具体在说什么。

大家慌了，不知道该怎么办。还是阿西，她大清早离开黑山村，这是她来到黑山村之后第一次离开，这么多年里，她连乡场都没去过。她翻过小黑山、大黑山，回到自己的家乡，两天后带来了一位老毕摩。

阿西领着老毕摩来到大队部，老毕摩比阿西还老，一句汉话不会说。他带来一只黑色的公鸡，一大捆干草，一根头部被劈成几片的竹子（摇起来会哗啦啦响），还有一瓶酒和一个犁头。老毕摩抱着鸡拿着竹子，一边念咒语一边围着我妈的床转，点燃干草烧红犁头夹出来，犁头上喷一口酒后，手伸过去捏了一会儿犁头，再把滚烫的大手放在我妈额头上。这么反复进行了很久之后，他把那只鸡留了下来，嘱咐阿西炖给我妈吃。

我妈喝完阿西喂的鸡汤，又继续昏睡过去了。

大家都觉得米莲分这回是没救了，亲戚们在商量谁来养我，那些天我一直由一个表姑带着，她的孩子跟我差不多大，她表示长期下去她养不了两个孩子。阿西不管这些，继续熬鸡汤喂我妈。

到第十天，我妈醒过来，烧也退了。她睁开眼说的第一句话是，你们把米多多抱过来。阿西从亲戚手里把我抱过来，抱到我妈跟前，我妈接过我抱在怀里喂奶，喂了一下抬起头说，奶水没了。

从那天起，我就喝我妈熬的米糊糊往大了长。

· 15 ·

三岁那年,我妈又抱着我跑了。不,这回村里人不说跑了,他们说,米莲分出远门,去内地了。

关于这次出远门,我是有些印象的。坐火车,闷罐车厢摇摇晃晃,钻过一个又一个山洞,然后是望不到边的平原,时间被拖长得望不到尽头。我打翻了邻座的水杯,滚烫的茶水流在我妈的白衬衣上。两节车厢中间,坐着打牌的彝族人,他们身上有刺鼻的羊膻味。还有很多楼房,到处都是喇叭声,旅舍里昏暗的灯光，过道尽头横七竖八的拖把。我半夜醒来找不到我妈，大哭。我妈从外面冲进来抱起我。我半夜醒来发现身边躺着我妈和另一个人。我妈和一个人吵架，和两个人吵架，一个人的时候是个男人，两个人的时候是一对老夫妻。对了，还有一座阁楼，空荡荡的，我在阁楼里的小床上醒过来，没有人，跑上跑下都没有人。看见地上有一堆白纸和几支笔，我拿起笔在白纸上乱画，大概是从那个时候起，我喜欢上了画画。

柜台边，我看上了一只铝皮做的青蛙，很夸张的绿色，拳头那么大，拧紧发条就可以往前跳上很远，发条用完了，在青蛙屁股的位置一按，也会往前方弹跳起来。但我妈最终没给我买这个玩具，这是让我一回想就特别沮丧的部分。

还有一条长长的巷子，两旁是木板门的铺面，天光擦黑，铺面都关门了，我走在被磨得光光的石板路上,手里捏一个柿饼。我妈和一个男人走在我的后面,我走两步咬一口柿饼,回转身喊,妈妈你走快点。我妈向我挥手:你走,你走啊,我在后面跟着呢。那是我记忆中唯一的一次她走在我后面,而不是前面。

后来,也许是一开始,我们在巷子里坐下来,我唱了一首歌,我妈教我的,名字我忘了,歌词记得一些:绿草苍苍,白雾茫茫,有位佳人,在水一方,我愿顺流而下,找寻她的方向,却见依稀仿佛,她在水的中央。唱歌的时候我坐在那个男人和我妈的对面,小巷子的另一边,唱完后我妈给我鼓掌,那个男人也鼓,大概是嫌掌声不够大,他抬起两只脚在空中拍打。他穿的雨靴,叭叭叭,好大声。

我和我妈又一次回到了黑山村。

· 16 ·

4岁那年的冬天,下了场特别大的雪,背后山上的松林积雪覆盖,通向山里的小路和乡里的大路都被大雪阻断了。人们不再出门做活路,家家堂屋中央的火塘都点燃了篝火。阿西的羊群哪儿都不去,一只一只的羊变成了一堆,蜷缩在羊圈的角落,偶尔发出"咩,咩"的叫声。

真是非常冷啊,凉桥下的河水都结了冰,我妈傍晚拿一只吊锅去屋外,舀来树上的雪煮水喝。晚上睡下的时候，我们在卧室放了一个火盆，我和我妈挤在小院的被窝里，窗外的雪花簌簌往下落，我妈把我抱得很紧。

早晨醒来，翻身的时候被谷草扎了一下，我才发现自己躺在阿西家的床上。

我是怎么从自己家的床来到阿西家的床上的呢？那一晚下着大雪，我妈是怎么把我从家里弄到阿西家来的呢？路过马小华家那条大狗对她来说倒没什么，问题是，下了雪的路面那么滑，又是在夜里，她为什么不等第二天再走？这些问题没有人回答我。总之就是，我没有妈了。

这之后，没有了我妈的时间里，我在黑山村每天都做了什么？吃的什么？跟谁一起玩的？完全没有一点印象。按理说，我4岁了，怎么会不记得呢？我都能记起3岁发生的事情。

我发现，我的记忆里关于黑山村，只有我妈在的黑山村。没有了我妈的黑山村，就是一片空白。黑山村的那场大雪又下了多久，我也不记得了。只是从那时到现在，我都不喜欢冬天，更害怕看见下雪，即使在我活到了我妈的年龄，不管在哪里，一下雪我就会心慌。那白茫茫一片天地，就好像什么东西结束了，而另外的东西永远不会开始。

我的记忆恢复，是在大半年后的一个傍晚。我妈，黑山村的裁缝米莲分，骑着一辆嘉陵70再次出现在村口。

我一眼认出我妈了吗？认出了的，但那个骑在摩托车上的身影让我感觉到有点陌生，我拉着阿西婆婆的手站在村口那棵黄桷树下，没有任何表情地站在那里。我妈的摩托车在我面前熄了火，她从车上下来，递给我一把水果糖，又掏出一张手帕，帮我擦去脸上的木柴灰，阿西家的房间总有木柴灰。见到我妈的那一刻我十分平静，过了三天，快乐的情绪才出现在我的身体里。是的,我用三天才终于确认了一个事实:我又有妈了。第三天我一个人坐在裁缝店屋檐下时,才真心为这事儿感到高兴。

我妈的摩托车声惊动了全村人,那时候除了我妈,黑山村哪有女人会骑摩托呀。我发现自那天起,村里人看我的眼神也变了,好像所有人都松了口气。

会骑摩托的米莲分似乎不打算再离开黑山村了,她翻修了外公外婆被烧掉的房子。翻修前泥巴山墙还在,她嘱咐帮工,"能留下的都留下,不要起新的"。于是旧的山墙就都留下了,泥巴墙上黑色的烟灰清晰可见,院子里那棵李子树每年都开出白花。

· 17 ·

如今的裁缝米莲分总是很忙,她喜欢一整天坐在裁缝店里,即使没有活要做,她也待着,很少走出店门。但裁缝的女儿,我,米多多,更喜欢到处晃悠。

通常我在裁缝店做完老师布置的作业,我妈还在忙她的事。到了傍晚这里更没什么人,一盏发黄的电灯映出我妈的剪影,四周安安静静,只剩下缝纫机的声音笃笃笃,笃笃笃。

这时候我妈允许我在大队部附近玩，最热闹最好玩儿的地方当然是学校对面的商店了。傍晚的时候，羊群归圈，鸭子在水池边扑腾，水牛的尾巴有一搭没一搭驱赶蚊虫。村子里的人聚到商店门口，吃酒聊天打娃儿。

女人们手里拿个鞋垫，又或者半只毛衣袖子，织毛衣缝鞋垫，男人们举起烟杆，偶尔还摆起棋盘，当头炮马先跳，棋局就这么开始了。到处是坐着的站着的，走去走来的人。猫啊，狗啊，蝙蝠啊，飞蛾啊小孩子啊，在大人中间穿去穿来。

商店进门的地方就是一个跟我差不多高的大酒缸。酒缸上盖一块大红布，揭开还有一个重重的土陶盖子，用塑料包圆了防止漏气。就是这大酒缸吸引了十里八村的村民，尤其还有背后山上那些彝族人。彝人逢赶场天，一大早背了地里挖出的洋芋到乡场上卖，卖到几块钱就往家赶，傍晚走到商店了，实在忍不住,停下来买酒吃。彝人们接过酒瓶子,衣服包里掏出几个荞麦饼子,找个墙脚蹲下来吃酒吃饼子。吃完半斤酒又来半斤酒,吃个两三个半斤伊哩哇啦话就多起来,有时候一两个人在那儿说,有时候一堆人围着边吃边说,有时候唱起来,有时候还打起来。打着打着,流血了,小孩子们又兴奋又害怕,喊着打架了打架了,跑远的又跑回来。彝族人打着打着,还有谁滚下商店背后的山崖子,过了半天,骂骂咧咧又爬上来,走进商店喊,老板娘喂,再来半斤嚜。

这么一会儿,卖洋芋的钱就这么吃光了。吃光了就唱着山歌回家挨媳妇骂去了。没过几天,又卖完洋芋,吆喝着来买酒吃了,那打架的几个人,这回又勾肩搭背了。

我和一帮娃儿就在商店门口的空地玩石子、跳房子、斗鸡,顺便看热闹,盼着出事,盼着有人滚下崖子,再爬上来。

"你找死啊,米多多,天都黑完了还不跟我回家。"在我玩得忘记时间的时候,我妈的声音从大队部的另一头,裁缝店门口传了过来。她的喊声异常大,喊得别的小娃儿也跟着跑回了自己的家。

· 18 ·

舒大有是民办教师,从邻村调过来的。他老婆得癌症死的,他们结婚两年没孩子,老婆死后他主动要求调离原来的村子,来到了黑山村。

他来那天只背了个军绿色双肩包,包里支出半截拴了根红绸的笛子。他长得瘦而且高,背微微有些驼,像是随时在为自己的个子比别人高而抱歉。最让人记住他的是那一头乱发,有点自然卷,但卷得又不够,估计剪短了会很难看,所以只好留得比别的男人长那么一点点。荒草坡上的风吹过来，他那有点卷的头发就到处乱窜。

舒大有教我们数学、语文和地理，同时也是班主任。舒大有也种花，是一株灰绿色带刺的植物，"昙花"，他说，"昙花一现的昙花。"

和我妈一样，舒大有爱穿白衬衣，还总把袖子挽起来几公分，不过挽得有点不整齐，也就是胡乱往上抹。讲课的时候，偶尔一边袖子掉下来了，袖口的扣子没扣，整个豁开，他也顾不上。

舒老师最喜欢讲语文课，他有一次讲《大森林的主人》。他清了清嗓子，读第一段：

"秋雨下了整整一个星期。灰色的云层低低地压在大森林上面，潮湿的风缓缓地吹着。吸饱雨水的树枝垂下来，河水涨到齐了岸。"

读到这里，他停下来，闭上眼睛自己默了一会儿，再问我们，好不好？我们齐声回答：好。

他转身，擦黑板，粉笔灰"噗啦啦"往他那一头乱发上落。

刚来黑山村，舒大有上完课就把自己关在他低矮的宿舍里，大多数时候埋头读书，偶尔摆弄收音机，出门仅限于找我妈引蜂窝煤。他总把蜂窝煤弄熄，有时候来到我家裁缝店的时候，一双手全是煤灰，半边脸也乌漆麻黑的。他弯腰走进我妈的裁缝店，一只手捏着火钳，火钳上夹着蜂窝煤，另一只手摊开来悬在空中，好像找不到地方放。他两眼盯地上，小声说，米师傅，不好意思，我的蜂窝煤又熄了。

我妈接过火钳，把蜂窝煤放在炉子上，打开火门，递给我一把扇子："米多多，你来给炉子煽风。"

我煽起风来，舒大有退到门外，靠在墙边点起烟抽着等。他抽完一根烟，蜂窝煤也引燃了，他接过蜂窝煤一边说谢谢一边赶紧往回走,怕路上又熄了。

蜂窝煤熄了又燃了很多次的某一天,一阵笛声传进裁缝店。我妈说,米多多,你去看一下,是不是舒老师在吹。

我从裁缝店跑出来,转个弯上个坎就进学校了。校门正对舒大有的宿舍。宿舍是土基砌成的矮房,青瓦覆盖,一排三间,舒大有住在其中一间。学校大门放了学就一直开着(上课的时候反而锁着,防止白天牛羊跑进来)。舒大有房前的空地上,坐着几个小孩子,阿西也在,她微微笑着,嘴巴里嘟噜着,很享受的样子。

舒大有坐在门口半闭双眼,嘴巴嘬出来,平时驼着的背这时打直了(竟然真的可以打直),舌头舔舔嘴唇,吹两下,自己觉得不对,弯腰进门喝口水又走出来，干咳两声，重新架起势。刚要吹，放下笛子对着我们，用普通话说：下面这一首是《在那桃花盛开的地方》。

笛子声音飘荡在黑山村上空，传得很远。我仰着头站在原地，听呆了。

"还能再吹一首不？"有人问舒大有。

背后山上的松林"呼啊呼"的一阵阵响，舒大有又清理了一会儿嗓子，开始了。

这回他吹的是我从来没听过的曲子，曲调慢得很，像一个人在给另一个人讲悄悄话。有几个大人这时走进校门，站在不远处操场一端，似听非听地。我一眼就发现了我妈，她也站在那几个人中间，身子斜靠在篮球架上，手里还捏着一把缠满布条的剪刀。

"这叫什么啊？"有小孩子问。对哦，他这次忘记报幕了。

"《姑苏行》。"

"什么意思呢？"

"姑苏是地名，苏州，很远，我也没去过。"

晚上和我妈回家，走在坡路上，笛子声音一直还在我脑袋里绕着。姑苏，姑苏，这名字太好听了。

我问我妈，姑苏是什么样的，比我们这儿大很多吧？

肯定有飞机，我妈说。

"那肯定也有桂花了。"

"肯定的。"

· **19** ·

星期天,我妈一大早又要去县城买布,她正准备跨上摩托车轰油门出发,舒老师穿着我妈做的中山装,背着个包从学校那边走过来。

"米师傅,我能不能搭你一截车,我去乡中心校给学生领试卷。"

"好啊。"

顿了一下,我妈转身对我喊起来:

"米多多你也跟舒老师去乡里领卷子吧。"

我正准备去阿西家的,这下好了,我们三个人坐上了嘉陵70,摩托整个被我们压矮了一截。我妈在前面,舒老师在后面,我坐在他们中间。我还是像以往那样抱着我妈的腰,今天我妈的腰比平常要硬一点,背也直一点。舒老师的两只手反过身,往后紧紧抓住皮坐垫边沿的铁架子。我感觉我的后背有一面墙挡住了风。

"坐好了嘛舒老师?"

"米师傅,我坐好了,走。"

他们一路都再没说话,有一会儿我把脸侧向一边靠在我妈的背上,眼睛正好能瞟到舒老师,风把他的卷发吹得飞起,他朝我瘪起嘴巴眨了眨眼。

中心校很快就到了,我和舒老师下了车,我妈骑着摩托车往县城的方向去了。我跟着舒老师站在校门口看了一会儿我妈的背影就进了学校。领完卷子舒老师跟中心校的老师们聊天,他把我安排在一间空空的办公室里看书，自己又去忙什么了，中午的时候拉着我去乡场转了一圈，吃了两个包子，又在供销社的柜台前转悠，看别人打牌。直到太阳偏西，我妈的摩托车出现在乡场中间那块空地上。

回家，我仍然坐在摩托中间，我妈一言不发，舒老师偶尔跟我讲讲中心校的事。摩托车行驶在土路上，土路坑坑洼洼的，有很多雨水冲刷后留下的小石头，车子上下颠簸，天色渐暗，我的感觉有点像在坐船，其实那时我还从来没坐过船。

夏天刚来没多久。有一天，舒大有下课的时候都走出教室了又转回来，对大家说："今晚我那棵昙花要开了，你们离学校近的可以来看。"

同学们安静了下来，教室里有短暂的安静氛围。在此之前，村里没人觉得"昙花要开了"是一件值得专门去关心的事情，我妈种几株臭香花都要被他们嘲笑，有人专门种花来看花开，那更是无事包经，莫名堂。

有两个学生举起了手，我赶紧跟上。放学的时候舒大有从我身边经过，好像是随口说："米多多，你问下你妈，晚上没事也来看昙花。"

放学回到裁缝店，我把看花的事告诉我妈，请她和我一起去。我妈一开始说不去，我就说，你忘记舒老师帮你安过马桶了哇？她笑起来，说好吧，我们带几包葵花籽去还个礼。

夜晚，舒大有从宿舍牵出一根电线，一根竹竿插在墙洞眼里，电线上挂着个昏黄的灯泡，对着门口地上一个褐色土陶花盆。花盆里昙花花骨朵有三个，隐藏在不算茂密的枝叶间。我问，昙花为什么不在白天开花呢？我妈说，昙花啊娇嫩金贵，白天光线强，它不乐意。舒大有补充了一句："好花不常开嘛。"

一弯月亮升起在宿舍门前操场的上空。另两个看花的学生,加上舒大有、我和我妈,五双眼睛盯着三个花骨朵。

花骨朵半天不动。九点多了,我困得打哈欠,另外两个学生先后走了,我也有点不耐烦,说要走。舒大有说,就快了就快了,再等等。他从房间拿出一个枕头递给我妈,我靠在我妈怀里的枕头上睡着了。迷迷糊糊中我被我妈摇醒,花开了啊米多多。我先是看见葵花籽壳壳铺一地,起身才发现灯光下昙花花骨朵变了模样,像个小动物害羞着慢慢张开眼。花朵上方,电灯泡的逆光里,小虫子啊飞蛾啊飞来飞去,天空中的月亮暗了些,旁边出现了好多颗星星。

我妈在抹眼睛,我说妈妈你怎么了?她起身说,米多多我也困了,回家吧。

舒大有坚持要送我们,他打着手电筒走在我们身后不远的地方,我们三个人细长的影子印在弯弯拐拐的石子小路上。

· 20 ·

秀宝拿着一块布守在裁缝店门口等我妈。

"米师傅,你今天要开门哇?"

"开。"

秀宝不知从哪儿弄来一块黑色咔叽布,请我妈给她随便做个啥。我妈看那块布,实在太小了。进店里后,她找来一块差不多大的青色布头,拼在一起做了个有翻盖的布包。从那天起,秀宝干什么都斜挎着那只布包。

秀宝对我妈的事总是特别关心。

秀宝在我面前提起我妈从不说"你妈",而是直接喊"米师傅"。只要有空她就溜进我妈的店里,看我妈踩缝纫机。"秀宝你要不要试试?"有一次我妈这样问她。她脸一红退后几步,"我先看看。"

她双手抱膝蹲在地上研究脚踏板,看板子怎样在双脚的带动下翻转,接着牵引起台面上的轮子带动机针,笃笃笃,针尖像士兵,在面料上走直线。缝纫机太好看了,她说。她还悄悄跟我说,米师傅太好看了。

"小秀宝,你找死啊,还不回家帮我砍猪食。"每次秀宝看得入神,她妈就在远处的黄桷树下对着裁缝店这么喊起来。

秀宝家养了三头猪,没有多余的粮食喂猪,秀宝负责找野菜当猪食。她总在找猪食砍猪食,她左手食指上有个伤疤就是砍猪食留下的。酸浆草,苦麻菜，对参苗，水芹和竹节草，秀宝认识所有猪能吃的，长在房前屋后、田埂上、水沟里的野菜。她妈要用卖猪的钱翻修她家的厢房，那间厢房的屋顶是茅草，总漏雨，房梁也快断了，秀宝就住在里面。

我去过两次秀宝的厢房，还在她的床上睡过一晚，早上起来一下地就踢翻了一盆水，头一天晚上明明是个空盆子。盆子里的雨水流到地上，很快就渗没了，厢房的地面是泥土，坑坑洼洼的。秀宝有个三岁的弟弟，听到水盆打翻的声音跑进房间，拿出一把木头手枪瞄准我，"你是个坏人，我要打死你。"他说。

秀宝一把抱起弟弟，在他脸上亲了一口。她弟弟的名字和我妈的摩托很像，大家都叫他"小二五"，不是因为摩托，是生他的时候，秀宝爸爸主动去乡政府交了2500元的罚款。秀宝说，罚款的钱她也出了一份，5元，她为此剪掉留了好几年的大辫子。"收头发的人本来可以用一辆旧自行车作为交换的,但我还是坚持要钱。"

秀宝的一双手,掌心布满野菜和杂草勒出的痕迹,植物的汁液染了掌纹,黑的绿的新的旧的看不出手掌本来的颜色。但是她的脸很白,一点也不像整天找猪食的人。

七月,地里的红苕藤到处乱窜,红苕藤猪儿们最爱吃,秀宝终于不用到处找猪食,砍完红苕藤,她背着布包来裁缝店找我妈。

"米师傅,有啥子我可以帮你做的不?"

"没啥子,你帮我带米多多出去玩吧,好生耍,千万不要爬树。"

秀宝带上我,再叫上一帮跟她差不多大的姑娘,往坡地上跑。

村子外面大斜坡上的苞谷地,苞谷已经掰完了,最近的风越吹越大,苞谷杆就在这风声里被村民砍倒，一排排躺地里，等烈日暴晒到干裂，再背回家当柴火。梁子上一丘又一丘的苞谷地里，我们用苞谷杆搭房子，秀宝让我们分成两派，玩"抢小姐"的游戏。一派是好人，守住地主家的房子和小姐，另一派当坏人来抢小姐。在田梗与田梗之间，大家手拿苞谷杆当武器跳上跳下，嘴里哇哇大叫。只有一个人不用拿武器，那就是小姐的扮演者。

　　小姐的扮演者当然是秀宝，谁让她长得白呢，一看就像个城里长大的大小姐。她皮肤白白的，眼珠子黑黑的，笑声叮叮咚咚的。她总喜欢歪着头抿起嘴巴看人，小孩子可很少有这么看人的，我们一个二个嘴巴总是豁起，露出门牙，不够聪明的样子。

　　那天秀宝躲在"闺房"里，突然狂风吹，对面大黑山已经乌云压顶，眼看就是一场暴雨。抢小姐的土匪们呼啦啦四散奔逃，慌乱中推倒了苞谷杆，秀宝被埋在里面。

我是唯一留下来等秀宝的。秀宝爬出来后跟我说,下次再玩这个游戏我一定让你当二小姐。我们一起在雨中跑回我妈的裁缝店,全身透汤湿,迎来我妈的白眼:"两个小短命的,疯得很。"

我妈转身给我们找毛巾的时候,秀宝盯着我妈的背影看。我妈递过来毛巾,秀宝恭恭敬敬接过毛巾说,谢谢你米师傅。我们村的人可不习惯说谢谢。

· 21 ·

天气越来越热,风好像一下子就不吹了,知了叫得人越来越心烦,秀宝满脸汗水冲进我妈裁缝店拉起我就跑。我跟着她扑爬筋斗跑进大队部散发着恶臭的厕所,她脱下裤子,给我展示内裤上的血迹。

"可以生娃儿了。"她说。

我脑袋嗡了一下,接不上话。她抿起嘴巴笑,提起裤子四下望望,侧耳细听隔壁男厕所,没有任何动静,这才补一句:"除了你妈,你不要告诉任何人。"

我陪秀宝去商店买草纸。快走到商店了，她递给我一元钱，"你去买。"

我说你自己去啊。

秀宝说，你不懂，等你长大你就晓得了，到时候你可以生娃儿了，你也会找别人帮你买。

好吧，我只好硬着头皮走过去。

这会儿学校已经放学很久，赶场的彝族人还没走回来买酒吃，商店老板娘正趴在窗口下的柜台上打瞌睡。我递过去一块钱说，买草纸。老板娘眼皮没抬一下，伸出一只手收了钱，另一只手在身后的货架上拿起蒙着一层灰的草纸，拍都不拍一下就递给我，身子还保持趴着的姿势。

秀宝接过我买来的草纸，夹在胳肢窝里，又拉着我像做贼一样返回厕所。她抽出几张草纸叠在一起，沿对角线折成手掌宽的条状，整理好了放进内裤。做这些的时候，她的手有点打抖。出厕所的时候她抬头挺胸，步伐放慢，两只脚认真迈出每一步，一双黑溜溜的眼珠子鼓得比平时大了很多。

"你要不要回去跟你妈说一声？"我走在后面小声问。

秀宝转过身，用那种看不起我的眼神朝我上下打量一番，"这种事情有啥好说的。"

和秀宝分开后回到裁缝店，我妈问，秀宝拉你去哪儿了？我说上厕所。我妈说，上个厕所都要拉人，疯扯扯的。

"秀宝说她可以生娃儿了。"

"她放屁。"

秀宝还问过我，你家里有没有猪油。我说，有点，不多。我妈偶尔给我炒酱油饭的时候会用筷子挑一小坨拌一拌。

秀宝说:"你给我挑点来,就筷子挑起来那么大一坨,挑四五坨就够了。"

这好办,我挑了几坨猪油带给秀宝。她小心翼翼把我用塑料袋装着的猪油倒进准备好的小瓶子里。

"每天早上洗完脸用猪油抹一下,抹匀,脸就不皱。"

果然,秀宝抹了猪油的脸蛋油光水滑的,更白更亮了。

旧历6月24火把节,虽然是彝族人的节日,但汉人们也爱过。火把节这天晚上,山顶上的彝人村落亮起星星点点的火光。那些火光中有人在呼喊:"阿么兹多——"

村里人也举起火把在半山腰田埂上跑,一边跑一边喊:"朵乐火,朵乐火。"

山顶的彝族人听见了,回应:"喔——阿么——"

我举起的火把是用路边地里的苞谷杆扎成的,很快就燃尽了。黑暗中看见跑在我前面的秀宝举着一把捆得结实整齐的明油枝,火苗窜过她的头顶,把天空染得透红,把她的脸也印得通红。秀宝一边跑一边跟着喊"阿么,阿么",中间夹杂着她叮叮咚咚的笑声。

我们村最会打架的小伙子这时跑了过来,一把抢过秀宝的火把往山上跑。

"狗日的,还给老子。"

秀宝骂着笑着追,那一团火光忽明忽暗,直到再也看不见。

· 22 ·

一个深夜，秀宝背着我妈做的布包，捂着脸来我家。秀宝给我们看她的脸，左脸一大块受了伤，伤口的血已经凝固成深褐色，脸有点肿，感觉整个脑袋都变大了，一只嘴角也有点发紫，稍稍歪向一边。秀宝把衣服捞起来，后背到腰错乱排列着一条条伤痕，有一两处还冒着血珠子。她说是她爸打的。她爸先是打她，接着和她妈又打了一架，她爸打完架就去乡里买酒喝，她妈打完一赌气带着秀宝弟弟离开家回山那边外婆家了。

我妈赶紧拿出一盒清凉油给她抹伤口。秀宝趴在床沿，清凉油抹上去痛得她小声哼起来，"谢谢米师傅，麻烦你轻点。"

背后山上的鹧鸪叫了几声之后，我听见秀宝对我妈说：

"米师傅，我打算跑了。"

"和哪个跑？"

"我一个人跑。"

"去哪儿？"

"去内地。"

秀宝说，我爸今天打我，是因为看到我和村里那几个男娃儿一起打牌了。但他以前也常打我和我妈，总是有这样那样的理由，不喝酒打人，喝了酒更爱打人。我爸妈以后要把我嫁到大坝上，我妈说我嫁的那个人很好,不会打老婆。我不想嫁,那家人种好多番茄,我嫁过去就天天编篾筐装番茄。我不想天天编篾筐,我见过那些编篾筐的人,那双手皴得比我找猪食的手还恼火,到处是伤口。

她一口气说完上面的话,顿了顿,语速慢下来:

"我要去内地,我表姐在内地,省城,我从没见过她,但她是个有单位的人,她在一个厂子里造电视机,我们村还没得电视机呢,她天天车螺丝,我有她单位电话。"

秀宝从布包里拿出一个小本子,摊开了,第一页果然有一串数字。

"米师傅,你从我们这儿跑那年还没我大,是吧,你也是去的省城吧?你能不能借我点钱,够我买到内地省城的火车票就行。我找到活路了就把挣的钱寄还给你。我保证先寄给你,剩下的再寄给我妈。"

我妈走过去拍了拍秀宝的肩膀说,快睡吧。但秀宝一直坐着,眼泪在她脸上不停地流,慢慢地她开始抽搐,鼻涕也顺着嘴角往下流,她说,我就是想跑,就是想跑。

我妈出了房间,在院子里拿起水管给臭香花浇水,不知过去多久,我妈走进来问秀宝,真的想跑?

"想。"

"什么时候?"

"明天一早。"

不,我妈说,明早你爸回来你就跑不成了,你现在走还能赶上大清早路过的一趟火车。来,你先换一身我的衣服。

秀宝来的时候穿的那件衣服,已经被酸浆草和苔藤染得看不出本来的颜色。我妈打开衣柜,拿出几套衣服让秀宝选,秀宝拿起一件白衬衣,一条蓝色咔叽布裤子,就像我妈平时进城穿的那样。

衣服穿好了,不太合身,秀宝的个子比我妈小,肩膀也更窄,穿上我妈的衣服就显得更小了,白衬衣衬得她的皮肤也更白了。在那个小本子的一页纸上,秀宝写下几个歪歪扭扭的字:妈,我出去找活路,xiū了,记得送小二五去读书。这一页纸她扯下来递给了我妈。

我一直看着我妈和秀宝做这一切。在最后关头,我站在房门口对她们说:"阿西婆婆在生病,我昨天看见她吃了三包头痛粉。"

我妈立刻明白了我的意思,她表示这么晚了,她不会把我送去找阿西。

夜里两点,圆圆的月亮挂在天空,坐在摩托车最后面的秀宝,双手越过坐在中间的我,紧紧拽着我妈裤腰上的皮带扣。

我从来没在夜里坐过我妈的摩托。这一晚摩托车灯特别亮，照着前方两三米的路面一片惨白。先是村里的石子路，然后是乡里的水泥路、进城的柏油路，车速从慢到快，从颠簸到平稳。到了河谷，暖风吹拂，人的身体也跟着柔软下来。

摩托车沿着河谷往前开，旁边那条叫"安宁河"的河在静静地流。一路上我妈和秀宝都不说话，在我快睡着的时候终于听我妈说了一声，"到了"。

火车站在县城边上，跳下车，东面远处山顶上的那一片天，已经有了一点点亮光。

候车室里灯光比乡下亮太多，是乡下没有的日光灯。明晃晃的房间里，还有两个中年人坐在一张又脏又烂的长椅上打瞌睡，一个是衣衫褴褛的流浪汉，另一个穿一件很宽大的灰色衣服，双手拢在前面，头埋得很低，看不清是男是女。只有这么一张长椅，秀宝挨着长椅的边坐着，身子挺得直直的。她挤出一丝微笑抬起头说，米师傅，我第一次坐火车。

"没事秀宝,我比你还小的时候,也这样一个人赶火车。火车来了你不要急,看清楚车厢的编号,走过去一脚就跨上去了。"

等了一会儿,售票处那个小小的窗口打开了,一个满脸疲惫的售票员打着哈欠坐下来,我妈赶紧走过去,秀宝也从座位上站起来跟上去,"米师傅,谢谢你。"

买好车票,我妈对秀宝说:

"火车肯定很挤,没给你买到坐票,你上了车,就站在两截车厢之间那个位置,那儿离厕所近,方便。要是实在困了想睡觉,可以问一下车厢里有座位的人,能不能让你爬到座位底下躺着,你个子小,躺进去把脚弯起肯定没问题。对了,你最好找女的,带孩子的,或者上点年纪的,不要找男的,不管是老的少的都不要找。"

"谢谢你，米师傅。"秀宝认真听着，用力点头。

突然下雨了，月亮早已不知去向。雨越下越大，候车室里的灯光好像更白更亮了，秀宝小小的身影还笔直地坐着。候车室的房顶有一大片是塑料的，雨水打在上面，哔哔啵啵响个没完。

我妈在秀宝的本子上写下一串数字。

"实在没办法的时候，你打这个电话，说你是黑山村的。"

秀宝接过电话说，好的，谢谢米师傅。

那个电话号码旁边还写了两个字，我凑过去想看，我妈一下关上了笔记本。

火车在雨声中拉响了汽笛，候车室中间那个铁门被刚才那位卖票的推开，"搞快点。"她说。三位乘客以及我和我妈，像突然惊醒一样，从椅子上弹起来。我这时才看见，那位一直双手捂在前面的乘客，原来还抱着个婴儿，是个年轻的妈妈。

秀宝走到铁门的时候，回头望了一眼我们，她此刻脸色更加惨白，她挤出一丝笑容又说了一遍，谢谢你，米师傅。说完走进大雨，消失在日光灯照不到的黑暗里。

坐上我妈的摩托车，我妈说要不是着急回家，应该带你去县医院门口吃碗羊肉粉的。她拿出一件军绿色雨衣穿在身上，掀起雨衣下摆，让我从后背钻进去。但一钻进雨衣我就什么也看不见了，我钻进去又冒出来，说没事，躲在你后面淋不到雨。

我不记得以前是否来过县城，我妈说我小时候来过的，但我对县城没有任何印象了。此刻在火车站，我很想看看现在的，真的县城，但几棵木棉树挡住了我的视线。穿过木棉树，是火车站的几间商铺，商铺下面的路，往右拐是县城，往左拐就是回黑山的路了。我妈捏紧摩托车把手往左前倾，一轰油门，绵延的山脉就向我们靠拢过来。我往身后看了一眼，天光很亮了，县城里有灯火，有喇叭声，我闭上眼，使劲闻了闻，我的鼻孔穿过淋到脸上的雨水，闻到一股乡下没有的味道，是汽油味混合着臭水沟的味道。

　　雨下得更大了，我最后还是钻进了我妈的雨衣里。

· **23** ·

接下来的两天,黑山村一直在下雨。那场雨一直下到两天后秀宝她妈回村。她妈没有回自己家,直接抱着秀宝弟弟走向了裁缝店。她是个强壮的女人,带着怨气和力气,老远就喊起来,米莲分,你不要脸,我的娃儿要你管啊。

那时候雨刚停,秀宝她妈穿一双透汤湿的军用胶鞋,脚上、裤腿上全是泥,脸上也湿漉漉的,分不清是汗水还是雨水。小二五坐在他妈一只手绕过来的臂弯里，两眼直愣愣看着前面。我妈当时正在整理一堆布头，她停下手里的活儿，站起来走到门口，把我挡在里面。我看见她手里还拿起秀宝写给她妈的纸条。

秀宝她妈冲到门口，又重复了一句，米莲分，我的娃儿要你管啊？

我妈没接话，她递过去那张纸，秀宝她妈看都没看，用她空着的那只手一把抓过来揉成一团，再把纸团子朝我妈脸上扔过来，纸团子从我妈脸上掉到身上再落在地上。秀宝她妈用她沾满稀泥巴的脚踏上去，再用力摁了两下。

"我的娃儿不要你操心，你想跑你跑啊，你让秀宝跑。"

我妈退后了几步，但我觉得她已经做好要干一架的准备，只要秀宝她妈再说一句"我的娃儿要你管啊"，她们马上会打起来。我下意识地拿起了裁台上一把剪刀。

就在这时,小二五哭喊起来,"我要回家,我要回家",他不断重复这句话,同时两只脚在空中乱踢,一双手不断拍打妈妈的肩膀和脑袋。

什么东西被哭声打破了,秀宝她妈突然一屁股坐在泥地上也哭起来。我妈站在原地一时不知道应该做什么,她表情僵硬,甚至往我的方向看了一眼,我这才注意到手里的剪刀被我的汗水浸湿了。

那个纸团最终还是被秀宝她妈带走了。

这件事情之后,过了一个多月,我和我妈一起回家的路上,撞上从背后山下来,背着一筐酸浆草的秀宝她妈。她低头望着地面,小声喊,米师傅回家了哇。酸浆草装在背笼里冒出背笼一大截,枝丫乱窜。背篓压得她弯腰弓背,整个身子躲在酸浆草下面。

我妈站在那儿，神了下，"嗯"一声，侧身给秀宝她妈让路。这次碰面之后，事情好像突然就干干净净结束了，什么也没发生过似的。

· 24 ·

今年的公办教师招考,舒大有又没考上。

已经连续考了三年,每年都考不上,我问我妈舒老师那么会背诗,为啥子考个试还总考不上,我妈说,不是能力的问题,他没那个命。

我们的村小再过一年就要取消了,一年后学生们都要统一转移到乡里的中心校读书。如果考不上公办教师,不能调到乡里,包括我们村在内的全乡几所村小都要撤销,舒大有就再也当不成老师了。

村小的另一位民办老师也没有成为公办教师的命,他辞职去了县里的糖厂,他有位亲戚在里面,说还可以介绍一个人去,问舒大有要不要一起去。糖厂是当时县城里待遇最好的厂,进去当工人,主要工作就是把甘蔗一捆一捆送进大机器。不久前邻村有个男的送甘蔗的时候打瞌睡,把自己的食指也送进去了,听起来怪吓人的。

不管怎么样,当工人肯定比回农村找活路好。舒大有为这事专门来我妈裁缝店问我妈。

"米师傅,你说我去不去?"

"你想不想去?"

"我有点想去也有点不想去,你觉得不该去我就不去。"

"你想去就去,不想去就不去。"

舒大有还是没去,他说等把这一年书教完再做打算。这一年,老师慢慢变少,学生也越来越少,很多学生提前转到中心校，马小华也被他开挖挖机的爸接到县城里去了。舒老师一个人同时教一到四年级四个班，二十多个学生。

每天上课，他先在教室前面的黑板上给我们班五个同学讲课，讲完了布置作业让我们做。他又走到教室后面，对着另一个年级的几个同学讲，讲完布置作业。布置完作业他再出教室到隔壁上课，隔壁教室和我们的教室一样，课桌分成两组，两个班的学生背对背，各自面向教室里一前一后两张黑板。

这么讲了一段时间，学生更少了，大家都在说，学校可能要提前撤销。

舒大有开始谋划下一步的出路。他借了我妈的摩托车，每周五开到乡里租来一个录相机，在裁缝店隔壁大队部会议室放起了录相。录相室门口，我妈帮他做了一张能遮光的布帘子。傍晚，舒大有坐在门口那张帘子下，抽支烟收门票，两角钱看一场录相。

放的都是些电视剧,《绝代双骄》《射雕英雄传》什么的,大人小孩都喜欢。现在听摩托车声的人可不止我一个了,周五的傍晚,全村小孩的耳朵都变得特别灵敏,只要嘉陵70的摩托声响起来,大家就从屋里跑出,跑到大队部会议室门口等着。舒老师和我妈骑摩托发出的声音又像又不像,他们都不按喇叭,舒老师的油门轰得比我妈还小。

有一次我们没有在原来的时间等到舒大有,他骑摩托进村的时候,遇到迎面冲来的一头牛,紧急时刻他一甩方向把手,车子开到牛对面的水沟里去了。天快黑了,舒大有带着满身的泥,推着摩托车回到大队部,甩甩头发跟大家解释,解释完了又说,还好,牛没事,录相机也没事,就是对不起米师傅,摩托车撞坏了,我明天就去乡里修啊。我妈赶紧说,没事没事,人没事就好。

两个月后,舒老师的录相生意做不下去了。山村里开始出现黑白电视机,好几家人都买了,人们不再愿意花钱看录相。

山里的冬天,有风又没有太阳的时候,冷空气会钻到骨头里。没离开的大大小小娃儿们手里都提一个火盆来上学,窄窄的山路上,一个接一个的娃儿提着火盆。

火盆一般是用废旧的搪瓷洗脚盆做成的,盆边上打几个孔,拴上铁丝吊起来就可以拎着走了。教室里,放在脚边的火盆总让脚暖暖的,里面堆满热热烘烘的火炭,写字的手如果冻僵了,伸过去烤一烤就好。

有一天班里一个同学在自己的火盆里放了一只红薯,烤熟了偷着吃。烤红薯的味道在教室弥漫,引发了不小的骚乱,这个同学被舒大有老师抓出来罚站。站起来的时候,嘴巴上还糊了一层红薯和炭灰,他伸出舌头舔嘴唇,全班同学笑得咯啊咯的,我们背后那个班的娃儿也转过身来笑,笑得眼泪都流出来了,舒老师也忍不住笑。

听说大坝上的中心校人很多,大坝海拔低气温高,冬天也不冷,到时候没人再用火盆烤火了吧。

· 25 ·

这两个月,我妈去县城的次数又多起来。

人们也在说,米莲分进城,每次都要去的地方不是布行,也不是批发市场,而是邮政局。

今年的李花又要开了。最近我妈变得和往常不太一样。一个晚上,我们从阿西家出来,走在坡上,太阳的余晖把坡上的荒草染得更黄了,但是在那黄色中间,一些绿色正冒出来。有那么一刻,我正走在我妈身后看那些荒草时,突然听到她喘着气说:

"长虫。"

虽然她说得很轻,我还是听得很清楚。哪里来的长虫呢?初春的草坡不会有长虫吧,我再看她,她还是很恍惚的样子,自顾自地点头,"长虫,长虫的影子,三尺长。"她继续说。

我环顾了一下四周,只看见我们走过的小路上,几头牛正在路边吃草,没有任何长虫的迹象。我隐隐记得,在我五岁那年盛夏,家里确实来过一条长虫,它出现在灶台上。大中午,天气非常热,我昏昏欲睡,走进灶房喝凉水,那条手腕粗的长虫正从灶台往下蜿蜒,我走进房间的响动惊扰了它,它整个跌落在地上,"叭"的一声,随即窸窸窣窣消失在了暗处。

在哪里啊,我问她。而她突然又变得安静起来,她回过神来,一把拉起我往家里继续走。

另一次事件也发生在回家路上,那天比较早,太阳还挂在天上,有点热。具体讲也不是什么事件,就是走着走着,我妈的脚步突然加快,我在后面小跑也跟不上她了。在这之前从来都是她催我快点,现在她自顾自地走,就好像身边没我这个人。我喊了她一声,她像是没听见一样,继续快步往家里走。我和她的距离拉得越来越远,再也跟不上了。我也懒得喊她了,干脆摘来一大片魔芋叶子,顶在头上遮住太阳慢慢走。不知过了多久,魔芋叶被揭开,我妈一把拉住我,"回家。"她说。

有一天,我妈从缝纫机后面抬起头,和两年前一样,又像在墙上钉钉子一样对我说:"米多多,我们就要离开这儿了。"

这之后她每天比平常早两个小时起床,给我做好早饭温在锅里就去了大队部的裁缝店。

夜虫停止鸣叫,早晨的生物还没有醒来,这是黑山村一天中静止的时刻，大队部那间小房子亮起了灯，米莲分就这么踩响缝纫机做起了衣服。

她不再接衣服围裙什么的做，手里的订单要全部赶完。一切都表明，这一次是真的要走了。

除了赶订单，她还要给阿西做个带绣花的新围腰，藏蓝色的。再给舒老师做一套新的中山装，原来那套都穿了好几年，袖口和领口磨得发白。

我妈每天很晚才结束工作，我放学后就先在学校晃荡，再到阿西家火塘边刨土豆吃，从吊锅里倒水出来咕噜咕噜喝，喝饱了晃晃悠悠穿过小河沟来到大队部的裁缝店。每天我去裁缝店找我妈，她都是同一个姿势坐在缝纫机前，昏天暗地踩着缝纫机。

在这期间，舒大有又来裁缝店引过两次蜂窝煤，还给我们送过两次冰糕，乡里买回来的，用毛巾严严实实包着，送到的时候都化了一半。他递给我们冰糕后，退出来坐在门框上，抽起一支烟坐了很久，这中间探进头想说什么,又什么也没说。

我妈坐在缝纫机前,埋头工作,我们只听见缝纫机"笃笃笃"。

又过了两天,我走向裁缝店的时候太阳已经落山了,天空抹上一层粉红色,这一回我没有听见缝纫机的响动声。我想,衣服都做完了吧。这么一想,加快脚步跑了过去,和正往门外冲的我妈撞到了一起。她手里捏着一封电报,看得见被她揉成一坨后再摊开的痕迹。

"米多多,你再回阿西婆婆家待着,我去县城打个电话。"

"我们要离开这儿了吗?"

"打完电话就晓得了。"

我呆在原地看着她跨上那辆嘉陵70轰油门,她双手紧紧抓着扶手,一只脚用力踹踏板,油门的声音和我过去任何一次听见的都不一样。

· 26 ·

不想去阿西家,我走向学校教师宿舍,舒大有在他的宿舍门前忙着。天气在转热,他正把蜂窝煤炉子往外搬。

"舒老师,我妈进城打电话去了。"

"哦。"

"我们可能要离开这儿了。"

"……"

"我不想离开这儿。"

"嗯。"

"舒老师,你能不能帮我把我妈喊回来啊。"

"好。"

我发现我在哭,眼泪和鼻涕都往嘴巴里流。舒大有抬起头说,你妈让你在阿西家等她吧?我送你去找阿西,我去县城找你妈。

舒大有拉着我走到阿西的小房子,几只羊正在房子外的空地上吃草,阿西不在家。我们四下望了望,看见河对面高处坡地上,在松林与麦子地之间,杂草和灌木丛生的区域,一个人影正弓着背忙着什么。

"阿西在给自己挖坑。"舒大有说。

舒大有说,时间不多了,米多多你自己过去找阿西。说完他对着河对岸大喊:喔哦——喂!那个身影这时转过身朝他挥了挥手,阿么,表示听到了,明白了。

舒大有说,米多多,你好好跟着阿西,别乱跑啊。说完他就走了。

我穿过凉桥,进麦子地,麦子快有我人高了,抬头只看见瓦蓝瓦蓝的天,看不见阿西。沿着麦子地里的沟渠闷头往上爬,一只手伸了过来,是阿西干瘪的手。她拉着我三两下就走出了麦子地。

我说:"阿西婆婆,我和我妈可能要走了。"

"走嘛,迟早是要走的。"

阿西拉着我再往前走,眼前出现一个刚挖出来的坑。新鲜的泥土和石块堆在一边,阿西站在坑底,她示意我在泥石堆边坐下来,她跳进坑拿起锄头继续挖坑。这个坑现在的大小还放不下一口棺材,坑的高度刚好到阿西的腰部。汗水打湿了她花白的头发,盘起来的两条辫子也散了一条下来。

"阿西婆婆,我不想走。"

她停下来伸出两只手掌，吐些口水在掌心，合拢了抹一抹，又继续捏起锄头挖土。不知道为什么，我忍不住想往坑里跳。趁阿西不注意，我跳了下去，没站稳，坐在一堆泥巴上。这样我整个人就都在阿西（未来）的墓穴里了，我感觉到比外面凉快，虽然风吹过松林的啸声一阵阵扑来，但这里却有种清冷的安静。

阿西继续吐些口水在掌心搓开了挖土。我从坟坑爬出来，在旁边一座长满野草的小土堆前坐下，坐了一会儿才注意到这小土堆面前有一只小碗，碗里有些水，又或者是酒，还有一些纸钱的灰烬。我猛然想起，这是阿西的娃儿的坟。我以前听我妈说过，那个不满一岁就死了的娃儿就埋在这片山脚下。

但是真奇怪，我不害怕，这里真的很凉快，很安静。

从这个山脚往对面望，阿西家的房子就立在对面斜坡的下方，从这里看到的是房顶，已经很破败了，门前空地上那个木柴堆就是阿西经常坐的地方，我想起她总喜欢坐在那儿，嘴巴里嘟噜着，把她被太阳晒成紫红色的脸对着天空。

现在我知道了，她不是对着天空，她每天在那儿坐着仰头，看到的正好是这一片坟地。坟地里埋着她夭折的孩子。

"阿西婆婆，我妈不回来接我了吧？"

"你乱说。"

太阳落山了，我妈没回来，我只好在阿西家过夜。夜晚，阿西从棺材里翻出一包头痛粉就着一碗酒吃了就上床了，我也只好跟着爬上去。阿西的床上铺着一层稻草，稻草上面才是棉絮和床单，翻个身就是稻草细细碎碎的声音。有时嘴巴里还有什么东西钻进来，是风吹落了土墙上的泥灰。

风越吹越大，满世界都被风填满了，风还送来背后山上松树林的啸声，呜——啊——呜，像有人在哭。风短暂地停了一会儿，各种虫子跑出来叫唤，谁家的狗叫了两声，谁家猫打翻了灶台上的筲箕，猫头鹰在找吃的，布谷鸟在呼唤它的同类，水田里的野鱼溅起水花。风又来了，呜——啊——呜。我妈的摩托声怎么还不出现呢？我心里也很吵。

我终于睡着了，半夜里，迷迷糊糊中被阿西吵醒，她在讲话，讲的是彝话。我努力记住她发的每一个字音，"……卡莎莎，惹……"后面还有一长串，我却只记得"卡莎莎，惹"，我知道这句的意思："谢谢，吃酒。"

· **27** ·

第二天醒来，阿西已经在门外忙活了。是个大晴天，跟往常一样，羊群的铃铛在响，有一只小羊子生病了，阿西不知从哪里找来一个奶瓶给小羊子喂药水，喂的还是她常吃的头痛粉。

我突然想起，整整一夜，去县城打电话的我妈都没回来。也许她直接回家了呢，我想到这一点，赶紧往我家的方向跑。阿西朝我大喊，米多多，米多多，你回来。

我懒得理她，继续跑。

"米多多，你妈出事了。"

第三天傍晚，我在县城医院的病床上见到我妈。

医院住院部在二楼，只有这一层。人们在过道上走来走去，医生在大声喊家属的名字，病人和家属们小心应着。走廊上坐着面无表情的人，有两间病房里传出小婴儿的哭声。我走到第五间病房，舒大有探出身子招呼我。

病房里四张床，前三张分别躺着两个和坐着一个，躺着的两个有一个在输液，另一个在睡觉，坐着的那个弓着背摆弄手里一堆票据，最里面那张躺着我妈。她的病床在窗边，从门口望过去，她好小，挤在角落里。

她的半边脸还包裹着白色纱布，头发被医生剪过，一些地方剃光了，另一些像杂草胡乱长在山坡上。她就像个闯了祸也付出代价的小男孩，有点滑稽。她仰着头望向窗户，窗户比一般的房间高，窗户关着。刚下过一场雨，布满锈迹的铁窗框还湿漉漉的，有一块窗玻璃坏掉了一半，从外面伸进一枝三角梅，开出两三朵玫红色的花，上面也有雨水。

我慢慢走过去，很慢很慢，走近了看到，她一只脚只到小腿，再往下就没了。

我站在床边用很大的力气憋出一句话：妈你痛不？

我妈这才转过脸看到我，她咬着嘴唇摇头，嘴巴比平常用力踩油门或缝纫机时还要歪，她又随即露出笑容，好像是在无所事事地对我笑，但很快那笑容就快支撑不住了，她在笑容就要消失的一刹那说，米多多，你吃饭了没？

米多多，我带你出去吃早饭。说这句话的是舒大有，他在我身后。他帮我顺了顺头发，拉着我走出医院。县医院门口果然有一家羊肉粉店，我终于吃到了羊肉粉，那次送秀宝没吃成的羊肉粉。我在羊肉粉里放了很多糊辣椒，辣得眼泪一直往碗里掉。

我还是不太清楚县城到底长成什么样。

我是后来才知道，舒大有在县城通往黑山村的公路边麦子地里，发现了我妈和她的嘉陵70。打完电话回村的我妈，把摩托开进了与路面有四五米落差的麦子地。舒大有发现我妈的时候已经是半夜了。

他先是在傍晚到了县城里，邮局刚要下班，工作人员说我妈打了电话已经离开了。舒大有问往哪里去的，他们说她骑着摩托往黑山的方向去了。舒大有以为他和我妈在路上错过了，他喊了一辆面包车开回黑山，一路没见到我妈。他又往县城赶，还是没找到。这么来回找，四处打听，最终在那片麦子地里发现了我妈。

  我妈躺在绿油油的麦子上,头摔出了血,白衬衣染红一大片,右腿被摩托车压在下面。舒大有以为她死了,走近看,她眨了眨眼睛,没有哭也没有喊。她手里还捏着那封电报。

· 28 ·

这一年还发生了一件大事,在黑山村上面的连绵山脉中,一处山顶被推平,出现了一座机场。我妈出院不久机场就通航了。机场往山的另一面下坡,有一条水泥路,通往一座叫做"渡口"的山城,那座城市盛产钢铁和煤炭,村里人说,机场是为那些"做大事的人"修的。

我们的村庄在渡口市的背面,我们这里的人和那座机场也没有任何关系,但从村庄出发往上爬,经过彝族人聚居的三锅庄，再往上走半天的路程，就能走到机场的边缘。在机场通航前，村里不少年轻人做好了各种准备，计划通航那天一大早爬起来，带上干粮走路去看飞机。

我妈说，米多多，你也去看看飞机吧。

她自己是没法去了，她的脚不仅不能走远路，也不能再骑摩托车，出院后她正在学习用一只脚踩缝纫机。

舒大有带着我去看飞机。出发前我妈给我们准备了一大包东西：毛巾、手电筒、荞麦粑粑、饼干、煮鸡蛋、热水，还有一人一顶草帽。走的时候一再叮嘱，路程太远，看完飞机就往回赶。

我们在一个灰暗的早晨，吃得饱饱的出发了。舒老师骑上我妈的摩托车，我坐在他后面，从裁缝店往背后山行进。先是一段之字形的不算是公路的路，车子在上面一跳一跳的，石头太多，三两下屁股就开始痛。我忍着痛坚持了快一个小时，摩托车开到这条路的尽头。路的尽头旁有一户人家，舒大有把摩托车寄存在这家人院子里，我们背上一包东西往更高的山走。

穿过森林到达背后山上的三锅庄已经是中午。在三锅庄的高处，我转身往山下看，半山腰的黑山村变得好小啊。哪里是哪里我都不太确定了，舒大有指给我看，那儿是学校，那儿是凉桥，那儿是村口那棵黄桷树……我勉强辨认出我家小院孤单单站在草坡上。

我妈的裁缝店本来就小，怎么看也看不见了。

我的视线范围内，更多的是空空荡荡的群山，一座山连着另一座山，前面的山是土黄色，然后是绿，后面些的山泛起青光，再后面变成蓝灰，和远处的天空消融在了一起。荒草和森林尽收眼底，没有人搭建房屋，没有人开垦铺路。在群山之间，我看见了黑山的小河沟，像一根细细的丝线穿进大山又穿出大山。舒大有说，小河沟往外流，流到大坝上就变成安宁河，安宁河再往下进入金沙江，金沙江畔有一座大城市，就是渡口市。我们要去看的山顶机场就属于渡口市。

我一点也不关心渡口市，我问舒大有：

"金沙江再从渡口往下流呢？"

"和雅砻江汇合，变成长江。"

"长江再往下流呢？"

"大海啊，太平洋。"

太平洋我知道，但无论如何也不觉得课本上提到的太平洋跟眼前的小河沟有任何关系。

我们继续往前走，又是大片的荒草连着森林，小跑着下坡，再费力上坡，穿越一段没有路的灌木林，我身上粘满了带刺的野棘果，在我觉得就要走到世界尽头的时候，山顶机场到了。

机场边缘布满了铁丝网，大概是为了防止牲口或野兽闯入，人当然也进不去。

机场比我想象的大，停飞机的空地和跑道都用水泥硬化过，其他地方堆着被推土机翻起来的新鲜泥土。我们到晚了，飞机已经降落。铁丝网上趴满了看飞机的人，有大坝上种水果和早市蔬菜的，有我们村的，有附近彝族村寨的，有些人还赶着羊群，大家都来看飞机。那些牲口大概是第一次看到这么多人类趴在铁丝网上，也自觉地站立在原地，呆呆地注视着前方。

透过铁丝网，一个巨大的白色怪物矗在我面前，我有点不敢相信这就是飞机。从大怪物的肚子处开了一个洞，洞口伸出一架大梯子，梯子上走下一群人，我注意到男人们都把衬衣扎在裤子里。有一个戴帽子的男人似乎往我们这边望了一会儿，挥了挥手，转身和同行的人说了几句什么，那几个人也跟着他向我们挥挥手，然后他们说笑着，往那个更巨大的怪物一样的房子里走了。

时间已经很晚了，飞机还不起飞。人群中传来消息，因为现在风太大，达不到飞行条件，今天的返程航班要晚很久。大家嘘声四起，有人准备离开了，我们也不得不往回赶，再不回去，天黑了穿越森林和荒原会很危险。舒老师说，米多多，我们回家吧，你妈等得心焦了。

· 29 ·

接下来这个春天,偶尔,黑山村的天空会有飞机飞过,它离我们好远啊,肉眼看去只有麻雀那么大。

而且,在黑山村看到的飞机,一点也不像我和舒老师翻山越岭去看的飞机,它又变回了画片上、书本里的样子,变成了我想象中的样子,变成瓦蓝的天空中一个欢快的点缀。飞机发出的轰隆隆的声音很清晰,在安静的山村里这声音是那么特别,好听极了,像密集到不透风的鼓点敲在人胸口上。每到这个时候,小孩子们就从自家屋子里跑出来,一边跑一边喊:快出来啊,看飞机!很快小孩子们就聚到了一起,大家顺着飞机的方向跑,跑过石板路,翻上田梗,穿过玉米地,跑啊望啊,直到飞机从视线里消失。

　　有一天,在看飞机的小孩堆里,人们发现了我妈。她穿一件白衬衣,挂着拐杖穿梭在一帮小孩子中间,仰起头看着天上。小孩子们伊哩哇啦地闹着笑着,我妈的脸上也笑着,但她不闹,就那么用力抬起头。她个子高,我看不到她的眼睛,只看见她光滑的长脖颈连接着圆圆的下巴,在天空划出一条漂亮的曲线。

· 30 ·

"妈,阿西婆婆是不是要死了?"
"你乱说。"
"你进城那天,我看见她在挖坟。"
"她还给自己准备过棺材呢,也没见就死了。"
"妈。"
"嗯?"

"舒老师是不是要离开黑山了?"

"离不开,哪个都离不开。"

2020年春 初稿

2022年春 定稿

宁不远中篇小说《黑山》

后记：她是离开的人，她也是返回的人

《米莲分》是我的第一部小说，虽然故事构架在11年前就有了，但真正写完它是在去年冬天。我不是专职的写作者，都不能算是专业写作者，虽然出过几本散文随笔，但在我心里，只有进入虚构世界才算真正的写作。

在很小的时候，偶然的机缘，我读到几本即使在今天看来也很棒的小说。因为认真阅读那些小说，我学会了认真对待生活。也因为那些小说，我知道

了还有一个比现实世界更广阔的世界，我也明白了人应该尽量去理解他人。后来我开始站在创作者的角度读小说了，我想总有一个时刻我会拿起那支写小说的笔。这有点像这么一类人：每吃到一道好菜，就会想这道菜是怎么做出来的，最后就真的自己下厨做了。

成为小说写作者只是我人生中众多选项里的一个，在写作《米莲分》之前，我是个散乱的人，幸运（目前看来又不幸）的是，我有很多想法和可实现想法的路径，时间就在一个又一个迎面而来的"机会"中溜走了。直到有一天我报名参加了在樱园举办的"何大草写作工坊"，我告诉自己，好了，时候到了，已经四十岁了，留给你的时间不多了，专心做这一件事，开始吧。

小说里的大量细节都是真实发生过的。一开始，我想通过米莲分这个人物表达某种激动人心的"不安"。米莲分总想往外走，但出去是为了什么她不明白，也并不重要。不知道读者有没有看出我写作的初衷，要知道故事一旦展开，情况就有点不受控制了。

身为作者，也正是靠着生命本质上的不安才有了写下去的动力。另一方面，年轻的时候很确定的一些东西，现在开始松动，世界不是非此即彼了。我想通过小说到达更加丰富和辽阔的地方，这里含混不清，但迷人。写小说的人不提供答案，不为到达，只是一直走在路途上。

之所以把叙述者确定为8岁小女孩，是我没有写作小说的经验，我担心自己会在叙述中"评判"，这是我在写杂文时的习惯。小女孩的叙事角度使得我必须从角色出发，她怎么观察怎么感受怎么表达才是对的？她看见夕阳一定不会说"黄昏是一天中最温柔的时刻"。

小说发生地叫"黑山"，在刚开始写作这个故事的时候，它是叫"小河村"的，小河村是真实存在的，黑山也是真实存在的。去年夏天（小说写作的中途）我回老家参与峨眉电影制片厂一部纪录片的拍摄。站在连绵又荒凉的群山下，我突然意识到，"小河村"名字不对，回到成都我就将它改成了黑山。真奇妙，从那天起，所有人事物该来的就来了，该走的就走了，完全按自己的节奏出现和消失。

　　最后，请允许我转一段我的朋友，作家桑格格读了《米莲分》之后写下的文字：

　　"宁不远这篇小说里有非常珍贵的东西。是混合了洞察力的纯朴。不仅仅是纯朴。也不仅仅是洞察力。所以这篇小说总有一股力量压住危险的东西。叙述中的'聪明'都是在这个力量下完成的。这就是宁不远，丝毫不差。她见过大山，骨子里有小河涨水和梨花静静开放，不提供给文学的那种存在。

只提供给生命。她是离开的人,她也是返回的人。"

谢谢格格,谢谢所有喜欢《米莲分》的编辑和读者。谢谢何大草老师和樱园写作工坊的同学们。谢谢"黄龙岛文学艺术驻留计划"。谢谢"两只打火机"最先看见并发表了《米莲分》,谢谢小竹老师的鼓励。谢谢《山花》杂志的编辑李晁。谢谢乐府文化。谢谢围绕这部小说发生的所有事。我会继续写下去,事实上最近天天都在写,要担起这份喜欢。

宁不远

图书在版编目（CIP）数据

米莲分 / 宁不远著. -- 北京：北京联合出版公司，2022.9
ISBN 978-7-5596-6272-9

Ⅰ.①米… Ⅱ.①宁… Ⅲ.①中篇小说－中国－当代 Ⅳ.①I247.5

中国版本图书馆CIP数据核字（2022）第118683号

米莲分

作　　者：宁不远
出 品 人：赵红仕
策　　划：乐府文化
责任编辑：王　巍
责任印制：耿云龙
特约编辑：唐乃馨
营销编辑：云　子　帅　子
装帧设计：唐　旭

北京联合出版公司出版
（北京市西城区德外大街83号楼9层　100088）
北京联合天畅文化传播公司发行
北京美图印务有限公司印刷　新华书店经销
64千字　710毫米×1000毫米　1/32　5.625印张
2022年9月第1版　2022年9月第1次印刷
ISBN 978-7-5596-6272-9
定价：38.00元

版权所有，侵权必究。
未经许可，不得以任何方式复制或抄袭本书部分或全部内容。
本书若有质量问题，请与本公司图书销售中心联系调换。
电话：010-64258472-800